跌倒了也要繼續向前進

目錄

寫的、讀的、生活的

這一本我最愛！

關於電影，不吐不快

心愛的人、事、地、物

故鄉高知

特別收錄小說

寫的、讀的、生活的

追逐十來歲時深受影響的世界

打從懂事以來，我就是個愛亂寫故事的孩子。儘管一開始寫的都是些抄襲來的，像是把白雪公主換個名字之類的故事。

高中的時候，大概是正值所謂「輕小說風潮」方興未艾的年代。或許也可以說，我算是最早接觸輕小說的世代。

輕小說當中ＳＦ、奇幻，什麼類型的都有。像漫畫一樣重視人物角色的描寫，閱讀起來特別輕鬆。對當時的青少年來說，這樣簡單易懂（？）的小說是非常新鮮的，大家都為之著迷。而我當然也是其中之一。於是我寫的東西自然也愈來愈多這樣的風格了。

出了社會以後，我的文字產量突然大減，偶而寫好了一篇，投稿之後也石沉大海。有些時候是徹底迷失了方向。有些時候是因為情緒低落而疏遠了寫作。

可是最後我之所以還是因為輕小說而獲獎，我想原因就在於，十來歲時那段既難以忘懷又羞於啟齒的歲月中所受到的影響，始終牽引著我。

其實長大以後仍舊愛看輕小說的人很多。我的朋友幾乎個個如此，很多都已經三十好幾了，還是會怯生生地跟著高中生擠著搶買輕小說。聽到他們說「今天的書真不好買」，我就知道，果然大家都是輕小說迷。

所以可見，十多年前輕小說對於當年的孩子們，影響其實應該是非常非常深刻的。深刻到大家現在都還在追逐著當年那段沉迷其中的歲月。

作為一個當年曾經深受影響的孩子，如今享有如此機會的我，未來會走到哪裡去呢？我不知道會走去哪裡，只知道我會能走到哪兒就走到哪兒。這是我目前唯一能夠想像的。跌倒了也要繼續向前進。只能盡力而為。

因為，我們好不容易來到了當年所嚮往的世界。

二〇〇三年十二月

【回顧一語】「跌倒了也要繼續向前進」後來被定為這本書的書名。有人說這是坂本龍馬特別愛說的一句話，不過實際上也有另一種說法，認為這句話恐怕是司馬遼太郎自己想像出來的。

每當有人要我在簽名板上寫點什麼的時候，我大多會寫這句話。我曾經想過，我是從什麼時候開始寫這句話的呀，不過看來早在我剛出道時，它便已經出現在我的隨筆裡了。這讓我不禁想起了一句俗話：江山易改，本性難移。

可疑人物妳誰呀！

有一次電話中，對方差點沒用這句話要我報上名來。就在我第一次向陸上自衛隊公關室請教問題的時候。

「不好意思，我只是一個對自衛隊特別感興趣，住在○○地方的普通老百姓，絕不是您想的那種可疑人物……」

這是多麼沒頭沒腦又不自然的回答啊！好歹也是個成年人了，難道就沒有更像樣點的說法嗎？

說這話的人，正是初春時節為了事先確認小說的故事內容而多次向防衛廳請教問題的有川小妹我。請問四國外海的演習領空大約距離高知縣有多遠哪？在航空參謀本部公關室裡，為我拿出尺來測量的那位，顯然也是第一次遇到像我這樣的普通老百姓。所以呢？第一次又怎樣？

不過每當我提問的時候，不知道為什麼，公關大人發出的第一聲回應一定是「蛤？」要不就是「嗯？」①問題實在超乎尋常。②問題問得實在有夠外行。我猜我應該兩個都中了。總、總有一天我會提出不再讓你們「蛤？」或是「嗯？」的好問題的！

話說在我剛出道不久，有一回因為改稿的關係，突然遇到了一個亟待解決的問題，於是我立刻打電話到某基地去。當時因為我還不知道防衛廳的電話號碼，只好以我曾經參加過一次基地開放的活動為理由，撥了基地的對外電話號碼（有夠牽強）。

由於當時是週末的傍晚，基地的公關室已經下班了，值勤的隊員只好記下我的疑問，並且答應一定會幫我轉交給公關室。可是當他知道了我正在寫小說，立刻補上了一句話：「抱歉無法立刻幫上忙。請一定要寫出一本好書喔！」……哇喔，就像作了一場夢一樣！當然，到了週一我也確實收到了公關室親切的回覆。

就這樣，我第二部小說中故事背景的某某基地，正是根據這個基地長官們親切的對待，留給我個人的一段溫馨記憶所寫的。「請一定要寫出一本好書喔！」他的鼓勵看似簡單，其實含意之深，深不可測。這似乎也讓我從這個基地的長官們那兒收下了一份禮物，讓我堅定了繼續寫下去的目標。

二〇〇四年十月

【回顧一語】也因為我在那裡結識了幾位要好的朋友，我想不論透過怎樣的形式，我應該都會繼續和自衛隊保持聯繫。有些人可能以為，最了解自衛隊的莫過於有川浩了，其實我只是碰巧出道的作品寫的是自衛隊的故事，才會順理成章地去了解。直到現在我知道的仍舊只是一點皮毛，不懂的地方還是得向他們請教。

不過儘管如此，我之所以能夠結下這樣的善緣，都多虧自衛隊的長官們願意溫柔地對待行徑近乎莽撞的我。那兒畢竟是一個組織團體，形形色色的人都有，但是基本上，他們都是接受過嚴格軍事教育，懂得相忍為民的一群，他們的生命態度永遠是光輝耀眼的。

書店的聲援

最近，我愈來愈害怕去書店。還不都是因為——

絕大多數的書店都擺著我的書，讓我是既感謝又感覺當之有愧。一定有人覺得這蠻矛盾的，要是有誰這樣說，我八成也會這麼想。但是，搖筆桿的這種生物不就是靠想像力在討生活嗎？沒想到這種想像力竟然會反過頭來把人搞得不只膽小，還敏感到不行。

看到書店裡擺著成堆自己的書——會擔心「這些該不會都是賣剩的吧？」看到書店只進了幾本自己的書——又會擔心「啊，是因為他們認為不會有多少人買所以進這麼少嗎？」

其實不只是我，好像很多作家朋友都常出現這樣的症狀。

不論書店如何安排我們的書，我們總會感到忐忑不安，真是種麻煩的生物。搖筆桿的就是這麼回事兒（我不知道這樣說對不對。不過很抱歉，請容我一語帶過）。其實我們根本用不著過度發揮負面的想像力。應該盡量避免施展這種即使遇到了什麼好兆頭還老是愛看事情消極面的能力。

不過話說回來，我之所以能夠在負面想像力不時發功的情況下，還能靠著爬格子混口飯吃，書店的力量真是功不可沒。

我永遠忘不了——《空之中》。當年株式會社MediaWorks在輕小說和一般藝文類書讀者的撻伐聲中，毅然決然把它出版成精裝書。初版印製的數量是一萬兩千本（這可以說嗎？應該過了保密時效了吧）。這是向來專門出版輕小說的MediaWorks首度不按牌理出牌的一次。我真的很佩服他們，竟敢為一個名不見經傳的新人發行精裝本，而且還一口氣印製了如此龐然的數量。真想花個一小時好好問問他們在最終的決策會議上究竟是怎麼想的。萬一失敗了，我的第二本小說可是會因此消失不見的啊。

不過好在，結果這本書非但沒有被回收銷毀，反倒還再版了，甚至接下來的第三本和第四本也照舊以精裝的形式上市，而且我還因此接到了其他出版社的邀約。

這都是因為有書店在下游推波助瀾的關係。在看過了MediaWorks行銷部門提供的樣稿之後，許多書店竟然很熱心地願意主動配合。MediaWorks有一位行銷人員H井先生，後來他還跑遍了全國各地，把《空之中》在大大小小的書店店頭陳列的實景，拍照轉寄給我看。

我並沒有輕小說新人獎之類正式的藝文資歷。這的確是個可悲的事實。然而——我卻經歷了這樣的過程。當時願意打破常規配合銷售的書店為數之多，簡直到了驚人的程度。書架上的正面陳列、平台的擺設、手寫的推薦字卡。書店居然會願意如此聲援一個毫無背景資歷，突然竄起的新人。

魄力，我親身感受到了這個名詞的真正意涵。若是少了這種魄力，絕不可能有今日的我；是書店的聲援，我才能夠存活至今。

我一直想找個機會向大家道謝。這次收到日販經銷的邀稿，正是個好機會。

是書店界每一位的鼎力相助造就了今日的我，真心感謝大家。

二〇〇八年八月

【回顧一語】在書店和讀者，以及一路陪伴我創作、出版的諸位支持下，我才走到了今天。我從未仰靠過任何權威或頭銜之力，憑藉的只是眾志成城的力量，這是直到今天我最感到光榮的事。

書籍戰線出現異常

當小說（以下統稱為「書籍」）被視為一種娛樂作品時——

目前，它的地位其實正瀕臨著極度的危險。只要隨便翻出一本手邊的情報雜誌，你就會立即感受到這個危機的存在。在介紹娛樂作品的專欄裡，好書推薦幾乎都被固定擺在雜誌的最後幾頁。這個現象，忠實呈現了目前社會對於書籍的觀感。

說真的，書籍的競爭對手已經不再是書籍了。而是電影、電視、漫畫、雜誌、化妝品（其他省略），凡是能和「休閒娛樂」沾得上邊的，都是書籍的勁敵。現在，我們甚至可以把那些會將錢包裡的鈔票分出一部分當作「購書費用」的讀者，視為瀕臨絕種的生物了。連會買下八萬日圓ＬＶ錢包的人，都嫌一本單行本要價一千六百日圓「很貴」。這就是書籍市場的現況。說到這裡，我想你也應該已經了解，戰況是何等令人絕望了吧——就算再怎麼死拚蠻幹，根本毫無勝算可言！

若是死守著傳統的思維，書籍註定將會一敗塗地。儘管傳統上認為，該留下的自會千古傳世，但是，如果能夠多選擇一些突襲類型的書籍，豈不更容易為大眾所接受？（一旦被接受了，等於解救了像我這種日文寫得亂七八糟的爬格子人。）

好比說手機上的網路小說。完全瞧不起這類出版形式的人，就算他再怎麼熱愛書籍，說他是「書籍的潛在敵人」其實一點也不為過。因為說不定手機的網路小說是帶領人們走入「文字」世界的入口，但是這樣的可能性卻被這些敵人給連根拔除了。想想看嘛，有誰會接受一個瞧不起自己所愛之物者的「推薦」？根本不可能的！大家八成會覺得，「開什麼玩笑，書籍有那麼神聖嗎？」吧。

書籍再也不是那種不可一世的強勢娛樂媒體了。可惜卻鮮少有人願意去改變出版業的體質。

譬如在一般文學的作品當中，出版界普遍認定「短篇集一定是賣不好的」。可是，要想擴大「讀者群」，未來最適合出版的應該就屬短篇集了。最能讓平常沒有閱讀習慣的讀者也願意花錢去購買的，無非就是短篇集，或是內容具有關聯性的連作短篇。會說短篇集一定賣不好的人，表示他只看到過去的狀況。出版業界應該儘早擬定擴大市場的長期戰略，趁現在還行有餘力，減少厚重的長篇，把更多的力氣放在短篇集上才對。

任何放棄開發客源的產業必將衰退。我認為與其去跟人搶食有限的派餅，不如採取創造更大派餅的策略來得具有建設性——不過，其實我只是想藉此試著說出一句心裡話：那種只會訂出一堆「應該這樣，應該那樣」校規的學校，真是有夠無聊的。

二〇〇八年一〇月

【回顧一語】現在這條戰線又變得更加嚴峻了。我們所能做的，只是繼續在謙虛中善盡本分，清楚地把理念傳達給讀者們，努力做生意人真正該做的事。

能逗人笑功德無量

十年前的那個新年，很慘。

已經不記得誰是始作俑者，只記得有對相依為命的夫婦，在年假中無止盡地輪流感冒。兩人就像間歇泉一般，一個發著高燒，另一個泉水停歇中的，會搖搖晃晃地到便利商店搜刮架上所有的威德in能量果凍回來。要說為何買的是威德in能量果凍，因為那是當時我家附近的便利商店唯一能夠輕鬆入手的流質食物。也因為只要把管口含在嘴裡，不必起床就能攝取營養的輕鬆感，再適合我們當時的身體狀況不過了。就在每餐慶幸自己終於扭開了瓶蓋的日子裡，我們那個新年幾乎把這輩子可能吸入的威德in能量果凍全部都給吸完了。

我曾想過，那樣淒涼的新年應該不會再發生了吧，沒想到去年不僅再度發生，還變本加厲。去年底老公緊急住院。一條命是撿回來了，倒是隨之而來的併發症令人憂心，我得每天白天陪在醫院，晚上回家一個人睡——這我可以忍受。被限制自由的只是住院的老公，我並沒有失去自由的感覺，所以還能忍耐。

後來老公說「幫我帶幾本妳的書來」。我心想，你老婆的書都看幾遍啦，住院了還要再看？結果我這位愛書成痴的老公住院中竟然只讀了我的書，還是最荒誕的那系列。

出院時，「妳寫的真好耶！」他說。

「剛住院時心情很差，可是妳的書居然逗我笑了！」

那套小說的風格多次被人評定為荒誕愚蠢之流，但是這時候我突然慶幸自己曾經卯盡全力寫下了它。儘管內容的確愚不可及，可是只要能在人家心情低落的時候逗他開心，也算功德無量了。打從我再次意識到寫這種東西也沒啥不好的那個新年起，一年過去了，今年我還是會繼續卯盡全力地認真寫好同樣荒誕愚蠢的玩意。

二〇一〇年一月・由本文起共連載四回

【回顧一語】而且我現在還在寫能逗人開心的書。今後也會持續為了逗人開心而全力以赴。我先生當時罹患的是突發性聽損。後來我把這段經歷寫進了《圖書館戰爭》的中澤毬江和《雨樹之國》裡。也就在那個時候，我才了解到，擁有醫學知識和缺乏醫學知識的人所得到的療效有著明顯的差異。

香蕉真的夠了

十年前的那個新年，有對夫婦空前絕後地輪番臥病在床，吸著能輕鬆入手的流質食物威德in能量果凍——上回我是這麼寫的。

事後我當真以為，我們已經把這輩子可能吸入的威德in能量果凍全都吸完了，再也不想看到它，可是其實後來，為了貪圖方便，我們還是不時會買來吸吸吸。人的味覺超乎想像的打不死。連續十天的輪番臥床，終究難以臻至「死也不想再吃」的境界。

不過，倒是有一樣東西真的是我「死也不想再吃」的。就是香蕉。

並不是從來沒吃過就討厭，或者生來就看它不順眼的那種。以前我很愛吃香蕉的，可是現在，即便是夾在蛋糕裡的薄薄一小片，我也非得把它給挑出來不可，不吃就是不吃。

這得回溯到將近三十年前的一件往事。當時我還小學二年級或是三年級吧。

我們家裡一共三個小孩，而且各個不只健康還食量超大，這可讓我媽媽傷透了腦筋，成天想著該如何從一點也稱不上富裕的家境中擠出零嘴來伺候大家。

於是有一天媽媽端出了一盤香蕉作的簡易零嘴。方法只是把剝了皮的香蕉放入冷凍庫裡冰凍。經過一夜，香蕉冰棒便大功告成了。

這冰棒確實好吃。然後，就在孩子們的讚不絕口和媽媽自認香蕉便宜超划算的得意狀態下，不出三天，我媽再次端出了香蕉——而且自此持續了兩個月。

緊接著一個誓死再也不想看到香蕉的我也大功告成了，直到今天堅定不移。

究竟為什麼人稱「媽媽」的生物，會這麼不懂得適可而止、見好就收的道理呢？相信很多人都有過類似的，因為不小心讚美了老媽的菜色而吃上大虧的慘痛經驗。

然而，我自己也曾因為不小心作出了一道超級美味的青椒涼拌芝麻，樂得連續上桌一個禮拜，最後終於吃了老公一張黃牌。果不其然，我得到了老媽的真傳。

二〇一〇年一月

【回顧一語】後來我收到了許多談到母親不懂見好就收的讀者迴響。不過說起「自家狀況」的讀者們，每一位都是開心的。家人之間的糗事其實是種幸福，值得我們心存感激。

全身蕁麻疹的「痛梗」

十年前的那個新年，夫婦倆臥病在床的悽慘故事已經連載了兩回——要是這回我再繼續賣關子，感覺有讀者已經準備要翻桌了。

十年前的那場重感冒，如今已經變成我們的一個梗。這種梗，說穿了就是一種疾病或傷痛過後的自我解嘲。

雖然事發當時完全不是那麼回事，不過一旦事過境遷，疾病或傷痛的經歷往往是最容易脫口而出的光榮故事。所謂的「痛梗」，可說是大夥相聚炒熱氣氛時必然出現的趣談。

所以，我也有幾個可以在席間開講的「痛梗」。

好比說五年前，我突然感染了伴隨著劇痛和高燒的蕁麻疹。體溫忽上忽下，被搞得人仰馬翻，想喝口水，鑽出了棉被，卻因為環境的改變，就像新加坡的魚尾獅那樣狂吐個不停。

等魚尾獅現象逐漸消退之後，我爬也似地滾進了附近的醫院。要是再不解除剩餘的痛苦，我恐怕隨時可能一命嗚呼。然後，我向醫生大聲且明確地說明了自己極度嚴重的症狀。

「尿尿的時候我毛毛最多的地方痛得要死，拜託幫我想點辦法。」

人哪，唯有在大難臨頭的時候才肯拋棄表面的虛偽，這就是個活生生的例子。

惡性蕁麻疹肆虐著我的全身，泌尿器官當然也難以倖免，更要命的是，得用阿摩尼亞清洗，那才真是教人痛不欲生。排尿的時候會產生劇痛，讓我連水都不敢喝，後來差點沒釀成脫水現象。所以，但願讀者都能諒解，為何我會向醫生，應該說是向一個陌生男子，脫口說出我的毛毛痛，這絕對是情勢所逼、情非得已。

後來，處方中的藥膏總算讓我排尿成功，幾天以後蕁麻疹也度過了高峰期，不過歷經了數次要價昂貴的檢查之後，醫生還是查不出病因。我想過，說不定這家醫院是蒙古來的，然而念在他們幫我從排尿的地獄裡救出來，所以最後我還是打消了要求退費的念頭。

二〇一〇年一月

【回顧一語】當時真的很痛。但這篇原稿現在恢復了原貌。連載時，我因寫了「陰部」而被編輯大人NG，幾經交涉，才總算以「泌尿器官」落幕，後來我把它寫成小說裡的梗。

活著，不能不寫他

一旦事過境遷，疾病或傷痛的經歷往往是最容易脫口而出的光榮故事——上回我是這麼寫的。

不過我倒是認識一個人，他在事發當時就開講自身痛梗，而且我獨獨只遇過一個這樣的人。

他輕輕笑著說：

「唉呀，其實我得了癌症。」

因為他說話的語氣是那樣地若無其事又斬釘截鐵，我還以為他會接著說出他的梗——「還好及早發現」，沒想到他居然說：「是第四期。」

我不記得當時自己是如何回應他的。也不知道是否說過「您多保重」「請加油」之類的話。我壓根不知道這時候究竟該說什麼才好。

他一向關心我的寫作工作，每次見面時總會聊起我最新出版的作品。後來，他還不時在聊著彼此近況的時候，氣定神閒地穿插諸如「我最近換了抗癌藥耶。好像蠻適合我的，感覺舒服多了」「前些日子我便血了，有點適應不良」……

因為他每次都是一副輕鬆悠然的模樣，我想任何人應該也會跟我一樣，認為他一定可以長命百歲。覺得他會一邊笑著說「唉呀，不舒服不舒服」，然後繼續存活下去。

可是事情還是發生了，一堆人為著他的離世而悲不可抑。遺像中的他和往常一樣沒有任何改變，依舊是開朗沉穩的笑臉迎人。彷彿氣定神閒地說完了他那終於事過境遷的光榮故事，然後輕快地踏上了另一段新的旅程。

如今我只記得他那開朗的笑容和沉穩的說話聲。好一個僅僅留下這些，令人無法想像他的生命力究竟有多堅強的人。而且只記得這些的人還不只我一個。

「正因為我還活著，就不能不寫他」，不知道是誰這麼說的。所以，為了哪天再次見面時不至於感覺有愧於他，我寫下了這一篇。

二〇一〇年一月

【回顧一語】文中的「他」指的是作家中里融司。我們見面的機會並不多，但是每次見面，他總會為我加油打氣。

「如果心中沒有一顆閃亮的太陽，絕不可能從事創作的工作。作家就是一顆太陽，必須不斷地讓自己的光芒繼續照耀。我們的任務就是聆聽人們的煩惱，傾聽他們的怨言，從而讓大家享受到陽光普照的好天氣。」——中里先生曾經這樣對我說。這段話後來我在前面加上了「這是某位作家前輩教我的」，然後轉述給朋友們聽，大家的創意也都因此而得到了鼓勵。

閱讀是一種遊戲

「要讀就讀點有用的書，別再看那些有的沒的！」我討厭這種說法。閱讀是一種遊戲。愛書的人閱讀是因為它有趣。就算有些書籍對某些人來說，確實是一種精神食糧，但畢竟不是「因為有用」而讀的。正因為我們可以透過閱讀這個遊戲獲取精神食糧，閱讀才會如此美妙。

可是最近，卻發生了一件可能糟蹋了這種閱讀遊戲的事件。就是〈東京都青少年健全育成條例〉的修正案。簡單說，新的條例認為「東京都政府有權管制可能造成青少年不良影響的出版品」。儘管這項條例已經暫緩修正了，可是其中最主要的，針對「非真實存在青少年」性表現的問題，卻已然浮上了檯面。

所謂「非真實存在青少年」又是一個不可思議的新名詞（據說是指貌似未滿十八歲的劇中人物）。意思好像是說，「哪怕是虛構的人物，你老媽也不能接受他的脫序行為」。一般認為這項條例是衝著漫畫、動畫、電玩，還有小說中的插畫而來的。

這樣的說法如果是出自街坊的某位大嬸之口，對她的孩子說：「不准你看這種東西！」那也就罷了。因為作母親的，沒收孩子的情色書刊本來就是天經地義的事，而作孩子的，也難免經歷一段躲避老媽視線的青春期。

然而公權力如果擴張到如此的地步，結果就是出版品必須送審了。更可怕的是，在這個修正案裡頭，對於「不良」的認定並沒有作出清楚的解釋，影響的範圍可能極為廣泛。

有些人也許認為這是東京的事，與地方無關，問題是日本主要的出版社都集中在東京。或許管制的範圍僅限於東京都，但是出版社主要的市場卻是整個東京地區。一旦東京都內受到了管制，為了配合都政府的政策，出版社勢必只有自主管制一途了。換句話說，實質上等於是全國性的出版管制。

保護青少年的想法是很可貴的。但是，如果連真實存在的青少年的保護政策都不夠周全，卻處心積慮地想訂立一項可能危害到出版自由的法案，這算哪門子的保護？可貴的想法就應該貫徹倒底。為了貫徹一個可貴的想法，卻糟蹋了出版的自由，結果等於糟蹋了這個可貴的想法，違背了它的初衷。

我在《圖書館戰爭》裡寫的正是一場出版管制合法化的荒謬劇。所以有人戲稱這次事件是「真人版的《圖書館戰爭》」，不過我可不是因為想當預言家才寫下《圖書館戰爭》的。

因為可能造成不良影響而貿然實施出版管制，就好比因為可能會釀成火災，而限制民眾用火一樣。重要的應該是學習如何與火和平共存才對呀！

在我這個世代，閱讀是一種自由美妙的遊戲。但願在未來的世代，閱讀仍舊是個美妙的遊戲。

二〇一〇年五月

為了我們的下一代？——再談都條例修正案

在這次連載的第一篇裡，我談到了〈東京都青少年健全育成條例〉的修正案。由於修正後的條文很可能導致出版管制的合法化，因而引發了各界的憂心，特別是我們出版界。

後來這項條例居然表決通過了。

「為了我們的下一代，請支持修法！」這是贊成管制派人士慣用的標語，也是他們極其狡猾的話術。因為言下之意就像是說，不贊成的人就是不關心下一代，完全否定了反對者異議的合理性。事實上，某位主張這項條例可能導致限制言論自由的女性都議員，就被贊成管制派的男性議員嘲諷，說她是「下一代孩子們的敵人！」

有位朋友告訴我他的親身經歷。這位朋友是個輕小說作家。身為出版人，他也對這一次都條例修正案的危險性感到憂心，於是連日在自己的部落格上主張他反對修正的立場。

有一天部落格的留言區出現了一位贊成管制派人士的留言。

「看來你已經被那些既得利益者給洗腦了，讓我來教教你吧。」這個人冷不防地擺出高姿態，宣稱會外協商的始作俑者其實是一些靠著情色漫畫賺黑心錢的出版社，而反對這項條例修正案的人，則是隨之起舞的無知老百姓。最後還不忘語帶諷刺地留下了一句話。

「如果你也是個情色漫畫迷的話，安心啦！在書店裡的十八禁書區還是買得到的啦！」

被贊成管制派擅自貼上情色漫畫迷的標籤，可讓我這位表明反對立場的專業作家朋友心情盪到了谷底，他難受地低語：「唉，只怪我自己的知名度還不夠……」為什麼他非得接受人家這樣的中傷呢？在部落格的「關於我」裡，他明明公開了自己的筆名和作品。看到反對派的部落格，不知先行確認格主的身分，就不分青紅皂白抨擊人家是「情色漫畫迷」！如此見獵心喜的行徑，難道不應該被譴責嗎？

好，這種在贊成管制派裡常見的，擅自給人貼標籤的行為，其實似曾相識。還用得著說嗎？就是向來主張推動條例修正的那兩位大作家，都知事和副知事。

都知事曾經針對他認為可能觸犯出版管制條例的漫畫，公開指出，那是一種「下流的職業」；副知事也曾在推特上發言：「愛看漫畫的人全是一群失敗者」。連推動出版管制的精神領袖都尚且如此，贊成管制派大肆宣揚「偏見」的行為也就不足為奇了。上行下效是必然的結果。

拿著一顆叫做「為了我們的下一代」的偏見的石頭砸人，真令人不解他們為何能如此理直氣壯？

作家和漫畫家同樣都是出版人。一群出版人一味地鄙視另一群出版人，還說那是正義，同為作家的我，實在無法理解他們的邏輯。

唉，就像我之前說過的，被人用一句「像妳這種寫輕小說出身、默默無聞又下賤的貨色，永遠別說妳是個作家！」給打得落花流水的經歷，說不定也算是個痛梗吧。

二〇一一年二月

【回顧一語】當時似乎不少人都有過被贊成管制派粗暴而且近乎歇斯底里的言詞攻擊的經驗。

我在我的小說《圖書館戰爭》裡曾經寫過：「有些時候善心可能比惡意更可怕。因為懷有惡意的人清楚知道自己傷人的意圖，而『善心人士』卻未必知道自己可能正在傷人。」這是一段也值得作為我個人警惕的文字。

東日本大地震那天

東日本大地震那天，無巧不巧我人在東京。

當時我正在出版社裡洽談公事，然後一陣沒完沒了的劇烈晃動發生了。

也許是因為經歷過阪神大地震的關係，我直覺認為震央不在東京。可是，不知道從哪裡傳來的說話聲：「是阪神大地震的等級，不對，比阪神厲害得多。」我的心情突然黯淡了下來。值得一提的是，和我同樣經歷過阪神大地震的某位作家，當時她的直覺和我一模一樣。

隨後ＪＲ列車緊急決定全線停駛。東京都內陷入了大塞車，徒步的行人擠滿了人行道。

當時表現得最鎮定的，就屬東京地鐵了。晚上九點多，我收到他們宣布半藏門線局部恢復通車的消息。我當下估計，這樣說不定就可以回到住處了，但步行到最近的車站一瞧，整排售票機全部停止售票。但是入口柵欄卻是開啟的。原來東京地鐵決定免費載運。

當時我想能走一步就算一步，可是搭上了半藏門線沒過多久，丸之內線也全線通車了，最後我就乘著地鐵順利抵達了住處。在向站員詢問出口在哪的時候，我很自然地對他點頭致意：「謝謝恢復通車，真的幫了我很大的忙。」站員則一點也不以恢復通車為傲，只是回了我一臉的笑：「哪裡，是我們讓您久等了。」要求自己必須負起都民代步工具的職責，才是他真正引以為傲的事。

到了週一，首都東京的餘震依然不斷。據說過程中地鐵仍舊默默地按照時刻表運行，始終貫徹著都民代步工具的重責大任。

但願東京也能和東京的地鐵一樣，以身為首都為傲。儘管地震也波及了東京，但畢竟不是災區。如果首都也亂了陣腳，只會徒增災區的不安。不，絕不僅止於首都——要想讓災民盡快恢復正常的生活，保持鎮定是我們每一人的義務。了解地震的我們都深知這個道理。

二〇一一年五月

【回顧一語】關於東京地鐵的表現，現在回想起來，我還是覺得他們真是了不起。所謂的「神對應」或許莫過於此吧。

通知「毫無進展」的重要

之前，我談到了東日本大地震那天，東京地鐵的鎮定表現真是可圈可點。

這個過程讓我聯想到另外一段故事。和大阪營團地鐵有關。

有一天我搭乘御堂筋線的時候，電車突然緊急停駛。正當乘客們開始你一言我一語，廣播的聲音接著傳來。

「我們剛才獲報，一名男子擅自闖入鐵軌。本列車將暫時停駛，直到此人確定被捕為止。」

原來如此。我想像著這名男子會如何脫逃，又該逃往何處。

隨後，隔了幾分鐘，廣播聲又傳來了：「狀況尚未解除。」之後同樣的內容、每隔幾分鐘一次的廣播，就這麼一直持續到男子被捕，電車恢復行駛。

這讓我想起了我搭ＪＲ時也遇到過同樣是列車停駛的狀況。記得好像是因為平交道故障還是怎樣，為了確認機具才宣布停駛。不過當時我只聽到了一次廣播，直到列車恢復行駛，沒有聽到任何後續通知。也不知道過了十分鐘還是十五分鐘，因為沒有後續的廣播，乘客開始躁動、坐立難安。

我想ＪＲ一定沒有惡意。他們大概只是作了一個非常單純的判斷，認為既然事情毫無進展，也就沒什麼值得播報的了。問題是，即便沒有收到新的通報，乘客卻可能因為獲知事情「毫無進展」而倍感安心。持續和外界斷絕音訊時，十分鐘感覺可是很長的。也許可以把意外發生時，在車廂內空等的痛苦難耐，想像成等吃泡麵時的心情。

其實與其責備ＪＲ，我更想讚美地鐵願意體貼乘客的那分想像力。不過對ＪＲ來說，如果能夠藉著這個機會學習到同樣的想像力，豈不等於獲得了一項珍貴的資產？從國營轉為民營的企業組織，往往缺乏對於客戶的想像。也為了建立起真正雙贏的供需關係，但願這些企業都能多多效法其他同業公司的優點。

二〇一一年五月

【回顧一語】 發明「危機管理」這個名詞的佐佐淳行先生，據說他在事件發生後的定期記者會上，即使事情毫無進展，一定都會公開宣布「毫無進展」。他的理由是，如果因為事情沒有任何進展而中止了記者會，只會讓記者懷疑真相可能被隱瞞，而開始私下進行調查，最後勢必會造成更難以收拾的局面。「毫無進展」本身也是一個非常重要的訊息。請公家機關務必考量看看。

新幹線的服務潛力

之前，我向ＪＲ提出了一點忠告，所以這回我想來稱讚一下ＪＲ幾個了不起的地方。

在那場驚天動地的東日本地震發生當時，新幹線的死傷者連一個也沒有。儘管地震過後，這則新聞完全被大量的受災報導給蓋過去了，但是我覺得正在努力重建銅牆鐵壁安全神話的新幹線，和負責營運的ＪＲ公司，都很值得再多得到一點掌聲。如果我還認為這是理所當然而故意視而不見的話，已然在全國建立起希望號和光明號等列車家族的新幹線，說不定也要拍桌抗議了。

儘管地震當時ＪＲ的在來線一度亂了陣腳，但是新幹線卻在第二天便早早恢復了通車。而我之所以在地震次日就能回到家裡來，正是托了新幹線之福。要是當時在來線也能穩住陣腳，那就再好不過了。

新幹線的服務品質在ＪＲ當中一向是表現最優異的。之所以如此，我想也許和飛機這個強勁對手的存在有關。畢竟少了競爭對手，服務是很難長進的。有人可能會說，私鐵和地鐵難道不是他們的對手嗎？別忘了，私鐵和地鐵只能在一定規模以上的城市中營運。

而遍佈全國，連鄉下地方也有列車通過的ＪＲ，它的在來線地位可說是絕無僅有的。作為日本全國性的運輸系統，根本無人能比，不過或許正因為它唯我獨尊的地位，反而鈍化了在來線的服務精神。但是另一方面，他們擁有一支名為新幹線的，值得ＪＲ引以為傲的部門團隊，也是不爭的事實。

換句話說，很難得的，他們在同一個組織裡，存在著一個值得效法的團隊。但願新幹線能把這個團隊的服務祕訣分享給其他的部門。我敢保證，那一定會讓更多原本批評民營化後的公司組織永遠沒搞頭的使用者，轉而成為ＪＲ的支持者。

身為一個使用者，我願意選擇相信，ＪＲ這家公司其實擁有提供更高品質服務的潛力。

二〇一一年七月

【回顧一語】 新幹線的安全神話只因為一次人為的疏失而破功，真的很令人遺憾。

自我約束無助於拯救災區

我決定把三月底收到的《來觀光吧！縣廳款待課》的版稅，全數捐給東日本大地震的災區。目前再版的版稅也將比照辦理。我說目前，意思是我還沒決定捐助的期限。我想至少會到今年年底，之後要看重建的情況，再決定是否做長期的捐贈。

這樣的舉措不只是我，其他很多作家也公開表示將捐出他們的版稅所得。有媒體在採訪時問說，為什麼我不說是捐款，卻偏偏要說是捐版稅？（言外之意好像說我是在藉機宣傳）關於這一點，其實是有我的理由的。

版稅是作家在書籍出版以後才產生的收入。要是沒人願意購買，出版社絕不可能同意出書。換句話說，作家之所以能夠出書，靠的全是一群願意買書的讀者。

我之所以說捐出版稅，目的是為了表明，這筆款項是平日支持我的讀者們和我共同的心意。這純粹是個心態問題。

有人說我的好友湊佳苗，她只說捐款而不說捐版稅，其實她捐出的那筆款子是在地震過後舉辦的《花之鎖》（文藝春秋）簽名會時募集來的，然後加入了她個人的「心意」所形成的善款。她所選擇的捐助方式終究還是「讀者們和她共同的心意」。

除此之外，我和湊佳苗都曾親身經歷過阪神大地震。經歷過阪神大地震的人都非常了解一種感覺。那就是，自我約束無助於拯救災區。其他地方的人不論如何主動地約束自己的行為，也不會為災區帶來任何的好處。災區需要的，講白了只是重建的經費。

而這筆重建經費，必須透過其他平安無事的地區積極地帶動社會和經濟的復甦，才可能產生。很多人不知道，在阪神大地震重建的那些年，當災民得知大阪地區順利恢復了正常營運的時候，對災區是多麼大的鼓舞。災民們會想，鄰近的城市已經恢復正常了，表示不久之後災區一定也將完成重建的工作。

發生這樣大的災變，人們難免會對自己的平安無事感到幾分的罪惡感，但是我希望平安無事的人，要為了聲援災區而繼續保守住自己的平安無事。

所以大家的當務之急，是要先照顧好自己的生活。在這個時候，我更希望大家不要約束自己去享受娛樂。

繃緊的繩索維持不了長久。娛樂有助於放鬆緊繃的心。很多作家公開表示願意捐出版稅，正是抱持著這樣的心態。

就算你自我約束，減少外出，你的心意還是不可能對災區帶來任何幫助的。相反的，只要你外出消費，就算只是到便利商店買一包零嘴，卻已經扎扎實實地帶動經濟的復甦。如果還行有餘力，在可能的範圍內捐款給災區，那當然就再好不過了。

二〇一一年五月

【回顧一語】當時記者不斷質問我：「妳真的不是在藉機宣傳嗎？」

他彷彿在說，要捐就默默地捐，何必這樣四處招搖！其實我公開捐款的目的也是在對同業發出邀請：「大家一起來共襄盛舉吧！」所以當時除了我以外，許多作家朋友也都主動登高疾呼了。如果天秤的兩端分別放著指責一個陌生人是藉機宣傳，和試圖帶動業界捐款，我會選擇後者。而且永遠都會。

認為默默行善是一種美德的人，大可以繼續默默行善，但是如果對他人的捐款指指點點，我想這樣真的搞錯了重點。

哪怕送到災區的現金能多出一塊錢也好，我才不管人家說什麼藉機宣傳、偽善做作的。不過這畢竟只是我個人的主張。

拯救鄰近的災區

我已經把三月二十五日首賣的個人著作《來觀光吧！縣廳款待課》的版稅，全數捐給東日本大地震的災區了。

公開這件事的目的並不是說要「大家來買喲，買我的書等於捐款！」在首賣之前出版社已經決定了出版的數量，所以其實我捐款的額度是早就已經確定的。書的銷售好壞並不會影響捐款額度的大小（如果再版，那又另當別論）。

不過，我更在意的是，地震過後緊接著出現的那股自我約束的風潮。發生這樣大的災變，平安無事地區的民眾會因為自己還過著無恙的生活感到幾分的罪惡感，確實是在所難免的。但是，不可以這樣子。這時候正是大家過好自己的生活，加速社會和經濟復甦的關鍵時刻。否則根本無助於拯救災民。

經歷過阪神大地震的我們都知道，災區真正需要的，簡單說就是經費。唯有當安然無恙的人們積極地從事經濟活動，災區的救援和重建才有實現的可能。

我了解大家想的「這時候還看書！」「這時候還娛樂！」的那種心情。可是——身在平安無事的地區，有時間懷憂喪志，還不如強顏歡笑。此時此刻是最需要你硬著頭皮強顏歡笑的時候。但願大家別再以為，可以為自己的生活增添色彩的享受娛樂是一種罪過了。也但願你能懷著一顆「我要透過這一次享受，帶動經濟的復甦」的心，哪怕是讀一本書、買一張CD、看一場電影或表演，甚至吃一餐外食，盡情地享受你剛入手的玩意吧。

拯救災區的意願大家都有，但是我捐款的真正目的，其實是想傳達一個訊息：這時候我們更應該抱持正面的心態去享受娛樂。但願同意這個看法的人，都能和過去一樣地珍惜自己的生活和興趣。能夠捐款當然再好不過，但是先讓自己的生活步上正軌，才是最有助於拯救鄰近災區的事。

二〇一一年六月

【回顧一語】那段日子，我一逮到機會就會跟人談起自我約束無助於拯救災區的想法。因為這些話，是不曾親身經歷過地震災變的人所難以啟齒的。後來佳苗說她在那段時間也經常這麼說。這讓我信心大增，因為那個時候我們並沒有談論過這件事，但是兩個人卻不約而同地做了同樣的事。

佳苗和我有幾個共同點，我們同年，都來自鄉間地方，而且阪神大地震發生時，我們的住處相隔不遠。也因為東日本大地震發生時，我們都已經是作家了，所以當某天見面時，她感慨地說，像這種沒有受災經驗的人難以啟齒的話，我們怎能噤聲不語！

與其自我約束不如自我縱容

地震過後，我和好友湊佳苗聊了很多。我們兩人都經歷過阪神大地震，現在又同是作家，而且都住在關西地區。所以這次的地震尤其讓我們感觸良多。

有些話，若是不曾親身經歷過，是不能公開說的。好比說，自我約束只會造成災區的困擾。對許多經歷過阪神大地震的人來說，這是個自明之理，我們可以不費吹灰之力就能得出一個結論：當大家費盡了心思，極盡所能地募集重建基金，結果還是不夠的時候，那股只會造成景氣停滯的自我約束風潮，一點也不討喜。然而，若是沒有實際的經驗作後盾，同樣的話說出口，恐怕會被人惡狠狠地批評一頓：「不知分寸！」、「你懂什麼！」

所以既然如此，這樣的話就是既經歷過阪神大地震，而現在又是作家的我們義不容辭的任務了。也正因如此，我才會說出這些不曾親身經歷過的人所難以啟齒的話。

或許自我約束是出於善意的。不過，我更希望贊成自我約束和知所分寸的人也能試想一下，要是東北的災民知道了，他們會作何感想。地震過後，我頻頻收到一些來自災區的聲音。他們說：「就像是我害他們非得自我約束不可似的，聽了心裡好難受」、「明明不是我們要大家自我約束的呀！」、「我希望平安無事的地區能夠繼續正常地生活」。

我不禁會想，在經歷過阪神大地震的人當中，是否有人碰到過類似的經驗，明明是他自己選擇了自我約束，卻硬要說成「我是為了你們才自我約束的！」

東北的災民目前正被迫面臨著嚴酷的現實考驗。任何人都無法代替他們承受這些。所以千萬不要把表面上看是自我約束，實際上卻是自我滿足的包袱，強加在正身陷苦戰之中的同胞身上。他們一心只想重返家園的災區生活，絕不是我們用自我約束或知所分寸能夠改變得了的。

東北的重建是一場比重建阪神、淡路更加遙遠的長期抗戰。與其選擇自我約束，我們更需要的其實是不甘於失去悠閒生活的自我縱容。

二〇一一年八月

與其自我約束不如樂在活絡經濟

地震的災變在所有的事物上留下了陰影。而且絕不僅止於災區和災民而已。

譬如在倖免於難、平安無事的地區，或者雖然屬於災區卻受災情況比較輕微的地區，民眾對於自己的安然無恙會感到幾分的罪惡感便是一例。不過，身在平安無事地區的民眾，其實只要好好讓自己的生活步上正軌，並且設法活絡經濟，就是對重建災區最好的貢獻了。因為若不活絡經濟，重建的經費勢必沒有著落。災區以外的地區穩住陣腳才是關鍵。

這樣的想法，我想凡是經歷過阪神大地震的人應該都是刻骨銘心、心知肚明的。

在那次地震災變過後，很多人去到大阪的鬧區肯定都被嚇到了吧。梅田地區在地震後不久便恢復了正常營運。如今回想起來，梅田的泰然鎮定著實讓大家重拾了信心。當時的災民不禁會想，僅僅淀川一河之隔，既然那邊的市區能夠如此坦然地面對，我們這邊一定也能儘速完成重建的工作。

如今，對於東北的災區，所有東北以外的地區都必須是這樣的存在。而且最最重要的就是保持放鬆的心情。東北的重建之路應該會比阪神、淡路更長遠得多吧。如果只是想著前途茫茫，絕不可能跑完全程。繃緊的繩索隨時可能斷裂。

而且我相信，所有的娛樂方式都有助於抒解緊繃的心情。在設法讓自己的生活步上正軌，積極參與經濟活動的同時，最好也能不忘透過享受娛樂，作為生活的調劑。但願大家都能自信地告訴自己「我要透過這一次享受，帶動經濟的復甦」，然後接受作家、藝人所提供的娛樂作品。

當然，如果感覺鬱悶，沒有心情享受，好好休息也是一種選擇。這時候的自我約束一點也沒什麼不好。

但是，地震的災變在人們心中留下的陰影，往往會讓人特別容易用「自我約束」或「不知分寸」之類的說法製造出負面的結果。譬如指責別人「不自我約束就是不知分寸，真是不像話！」便是其中的一種。

我聽說，在今年初春，當東京電視台決定恢復播放動畫節目的時候，立刻招來了許多民眾的撻伐。他們認為這時候播放動畫，真是不知分寸。我猜想電視台應該只是想藉由恢復播放例行性的節目，緩和社會的氣氛。事實上當時整天的災區報導，讓觀眾根本別無選擇，資訊疲乏的怨氣簡直已經到達了臨界點。就「恢復例行性節目，緩和觀眾緊繃的情緒」這個角度來看，我反倒覺得東京電視台的判斷是值得給予肯定的。所以對於這起事件，我個人覺得非常的遺憾。

檢討自己的行為是否知所分寸，必要的時候自我約束，這樣的態度確實是很可貴的。然而，如果只是想著「誰知所分寸，誰不知分寸」，以檢討他人的行為作為理由，濫用「自我約束」或「不知分寸」的說法，社會永遠不可能進步。甚至有人可能因為擔心被人說是「不知分寸」而不得不自我約束，這實在很難說是一種健康的行為。

其實商場上的情況也是如此，率先發聲的永遠是覺得不滿意的人。「這個時候竟然播放動畫，真是不像話！」就是不滿意的人所發出的聲音。而認為恢復播放動畫節目根本沒什麼好大驚小怪的人，因為覺得滿意，大多不會主動發聲。

或許短時間內，我們的社會更需要大家積極地發出滿意的聲音，而不是不滿意的聲音。如果不這麼做，對的事情恐怕只會被那些率先發出不滿意的聲音給掩蓋過去。

除此之外，與其搜尋「不像話的事」，不如尋找「值得給予肯定的事」更能讓人感覺好心情。也因為在此非常時期，更應該以正面的眼光去看待事情。而且還要記得多說好話。

二〇一一年六月

【回顧一語】當時我一再呼籲這種想法。可見我真的是被社會瀰漫的封閉氣氛激起了危機感。

我期許自己永遠不要失去這樣的感覺。大難臨頭的時候，只管告訴自己，平安無事的地區只管活絡經濟！

值得一提的是，雖然後來我有緣和東京電視台合作，把《三個歐吉桑》改編成電視劇。但其實在那之前，我已經認定，這是一家懂得穩健走出自己的路，一家高瞻遠矚的電視台。

「滿意」就該說出來

話說今年初春，我聽說了一件讓我感覺非常遺憾的事。

地震過後，東京電視台才剛宣布即將恢復播放某個動畫節目，隨後上百件諸如不知分寸！不像話！的客訴便蜂擁而至。

世人胸襟之狹窄，讓我的心情不覺黯淡了下來。當時災區的報導已經逐漸減少了。因此我猜想，電視台的目的應該只是想藉由恢復播放例行性節目，來緩和社會的氣氛。事實上，當時不論轉到哪一台，盡是一些災區報導，觀眾根本別無選擇，資訊疲乏的怨氣簡直已經到達了臨界點。

而就在此時，先行恢復播放比較「無關痛癢」「例行性的」動畫節目，難道不是明智之舉嗎？然而，電視台卻招來了上百件說「不知分寸！」的突襲。

實際上當我聽到這個消息的時候，在我周遭，大多數人都對這家有意恢復例行性節目的電視台表示肯定，甚至有人覺得社會居然變得如此神經質，真是一件憾事。於是我才發現，原來「不知分寸」的意見根本不代表社會上絕大多數人的想法。

這件憾事讓我想到，或許在短時間內，我們的社會正迫切需要勇於表達「支持對的事情」的行為。

其實商場上的狀況也是如此，不滿意的人總是比滿意的人率先發聲。結果就像東京電視台收到的上百件客訴那樣。如果，滿意的人再不充分發出自己支持的聲音，長此以往，對的事情很可能會被不滿意的抱怨給全盤推翻掉。

總而言之，我建議大家，從今天起，請停止你的抱怨，發出你的支持之聲。雖然消息知道的有點晚了，但我還是要說，東京電視台，我舉雙手贊成恢復動畫播放！

二〇一一年七月

【回顧一語】語言是一種工具。可以作為利器之用，也可以作為凶器傷人。尤其是透過網路可以輕而易舉地表達個人的想法，更需要三思而後行。正如我在推特上曾看過的一張寫著「不敢貼在自己家門口的想法，就別在網上說」的圖片一般。真希望有人把這拍成公益廣告，讓大家都知道。

偉大的愛書人，兒玉清

兒玉清先生過世的消息重重地震撼了出版業界。

我也是其中至為震驚的一個。對於從事出版業的人來說，比起「演員兒玉清」，「優秀愛書人兒玉清」的地位更是無與倫比的。即便僅只一次，凡是曾經被兒玉先生寫過書評或導讀的作家，都會以此作為日後寫作的重要依歸。

我也受過兒玉先生的眷顧，他為我的書所留下的導讀，更是我一輩子的支柱。儘管我看似一個廉價的作家，收到過許多來自讀者的無情批判，但是不管人家怎麼說我，只要一想起「兒玉先生說過我寫的故事很有趣」，任何狀況我都能承受得住。我想今後，兒玉先生的不吝相挺應該還會持續支撐著我。

不少編輯也都說過「希望兒玉先生能為我負責的書寫書評」。在我認識的責編裡也有一個這樣的人，她很氣餒地說：「我再也沒有機會了。」換句話說，兒玉清也可以說是整個出版業界的精神支柱。

很少愛書人能像兒玉先生那樣地公平看待每一本書。他從來不會用那種「因為不合我的興趣，所以這本書不是好書」的態度對待書籍。而且，他的興趣還廣泛到幾乎讓人難以置信的地步。

除此之外，兒玉先生對他感到有趣的東西，也非常積極的聲援。或許正因為存在著像他這樣的人，出版業界才能夠信心滿滿地發展到今天。

兒玉清的離世對出版業界的衝擊很巨大，但是我們還是得繼續寫書和出書。我相信唯有持續不斷地出版無愧於偉大的愛書人兒玉清的好書，才足以報答這位始終支持著出版業界的兒玉先生曾經為我們所做過的一切。

二〇一一年六月

【回顧一語】 直到今天，兒玉先生過世為我留下的空白仍舊無以彌補。每一次新書出版，我總會把贈書寄給他的家人，因為我依然相信他一定會在天上讀我的書。

冷靜面對現實

因為我很不擅長預錄節目，所以平常我是不太看電視的。

不過，倒是也有幾個節目特別吸引我。《鐵腕DASH！》就是其中的一個。電視台將有限的預算用在譬如農村體驗學習、海岸再生之類，一些別具意義的社會活動，節目的型態儼然是一場尋找有效運用電視媒體的社會實驗，總是讓我看得著迷。

好，話說這個節目裡有個農村體驗學習計畫，是好幾年來的人氣單元，叫做〈DASH村〉，記錄著東京小子（TOKIO）的五位成員，把一塊荒地從無到有地開墾成農村的過程。「DASH村」的地點原本製作單位一直祕而不宣，直到去年三一一大地震以後，才正式公諸於世。然後大家才知道，原來那個地點被劃入了福島核電的強制疏散區，讓他們陷入了不得不公開的狀態。

我心裡想，啊，這個單元應該不可能再繼續了吧。可是，沒想到它竟然一直存活到現在。理由是，製作單位隨即改變了企畫的方向，採取了面對現實、正視核災的態度，不僅追蹤報導了當時被迫疏散的DASH村技術指導和協力者日後的生活，還把DASH村的地點提供作為輻射檢測的實驗區。其中有一集檢測了村內的輻射，並且把所有的數字逐一拍攝成畫面，最後再由同行的專家學者根據這些數字進行解說，整個過程比其他所有的新聞性節目，更冷靜而且簡單易懂地說明了「輻射」的意義。

我突然有種恍然大悟之感，心想究竟是怎麼樣的一群冷靜的幕後工作人員，居然能夠製作出這樣的節目？他們既不悲觀，也不樂觀，更不任意否定核能的價值，單純只是面對現實，尋找因應的對策和可能性。這樣的態度，難道不正是當前媒體和輿論最缺乏的嗎？如果採取激進的行動、安排激進的辯論，不是更能夠引起世人的關注嗎？然而，這樣的做法終究只會曇花一現，如過眼雲煙。放棄核能，尋找替代能源，無疑正是我們今後的課題，但是正因為如此，我們必須先從面對現實做起。放棄核能需要經過怎麼樣的程序？達成目標之前需要多少時間？多少預算？當事情不是說改變就改變的時候，我們尤其需要冷靜思考。操之過急的情緒性做法和言論，只會阻礙了事情的發展。

《鐵腕DASH！》是一個綜藝節目。我特別欣賞這樣的節目風格。製作單位自始至終的堅守立場，默默地實現了「冷靜面對現實」的健康心態。真是酷到不行。

二〇一二年三月

【回顧一語】激進的言論只會讓人敬而遠之……但願大家都了解，愈是重要的問題愈需要以客觀的態度，在討論的同時，不斷反躬自省。

現在我還在持續收看《鐵腕DASH！》，特別是基礎娛樂產業的部分。把娛樂產業導入基礎產業的點子當真是個了不起的創意。

寫給想當小說家的你

幾天前，我接受了某家學習雜誌的專訪。每次接受兒童媒體的採訪，我總會被問到一個問題。

「如何才能成為小說家？」

如果想聽真心話，跟你說：「放棄吧！」現在想在出版業界當專業作家很不容易的。

作家的收入基本上只有稿費和版稅。稿費發生在把稿子交給雜誌社或出版社的時候，版稅則發生在書籍出版的時候。但是，雜誌社的稿費並不是所有的作家機會均等的，所以大家指望的大概都是個人著作的版稅。

作者能拿到的版稅，單行本是每本定價的一〇％。定價一千六百日圓的一本書，每賣出一本，作者可以分到一百六十日圓，再乘上出版數量，就是作家的收入了。

好，緊接著就是出版數量的問題了。雖然比上不足，比下有餘，要是單行本的初版印了一萬本，對作家來說可是一顆不得了的定心丸。如果運氣真的好到初版就印了一萬本，每印出一本書，作家就有一百六十日圓的進帳（要是再版的話，收入還會增加，不過如果你是那種從一開始就指望再版的樂天派，建議你還是別當作家的好。）

接下來則是作家一年能寫幾本書的問題。寫作的速度因人而異，通常一年能寫出三本書就算相當快的了。順利的話，作家一年的收入差不多是四百八十萬。扣掉稅金、保險和寫作時的成本開銷，實際的收入應該還是勉強可以突破四百萬。要是不那麼順利，寫作的速度比較慢，不用說就更辛苦了。何況作家的工作，加薪、獎金、員工福利、健保補助、失業救濟，統統都沒有。

有些孩子可能會說，可是我還是想當作家，那怎麼辦？我會告訴他，可以先把目標放在當個兼職的作家，在這個前提下，「一定要在學校裡好好用功學習」。如果以為「當作家就可以不必用功學習」，那可就大錯特錯了。

學生的本分就是學習。不知善盡本分的人寫出來的東西，是不可能有說服力的。

然後我一定會再補一句：「還要學著珍惜你的生活和出現在你身邊的每一個人，包括父母、同學、老師。」和用功學習一樣，不懂得珍惜周遭人的人寫出來的東西，是不可能打動人心的。

生活中不會只有快樂的事吧。有痛苦，也有失敗。不過，我想最重要的還是盡力過好每一天。在這個重視感受的年代，要是光說不練，只管埋首寫文章，一點意義也沒有。還不如跟同學、朋友開心玩耍來的值得。文章寫得很爛一樣可以當作家。我就是個最佳典範。

認真過好自己每一天的生活，寫自己真正想寫的東西，如果哪天真的運氣好當上了作家，把生活過好對自己一定有益無害——就算最後走的不是作家的路。

年輕的時候，我既不用功學習，也不懂得過好自己的生活，滿腦子只想寫小說，結果不論我如何心急，都當不成作家。但願未來想當作家的年輕人，別再重蹈我愚蠢的覆轍。

二〇一二年六月

【回顧一語】因為《圖書館戰爭》的動畫版，我有緣認識了聲優澤城美雪。有一次我和她也聊起了這個話題。她說她每次也都會建議年輕人，「最重要的就是做人的基本道理，譬如打招呼問候之類的」。任何領域的基礎關鍵其實都是一樣的。

女性的活力是指標

幾天前，我去「跑書店」。

所謂跑書店，主要是在新書發售的時候，由作者親自到書店去跟書店的人員「請多指教」，打聲招呼，然後在不造成他們困擾的前提下，請他們讓作家在新書上簽名的一種業務行為（新書一經簽名就會被視為人為毀損，是無法退書的。所以如果一次簽太多，可能會造成書店無謂的困擾）。

因為我來自鄉間地區，所以特別喜歡跑各地區的書店。像北海道、東北、關東、中部、關西、中國、四國、九州等等，過去我跑遍了大大小小的地方書店。

在這過程中，我發現了一個百分百準確的定律，就是「凡是充滿女性活力的書店，賣場一定人潮不斷」。

當作者抵達的時候，凡是立刻有女生跑來跟作者說「我等你好久了！」「我是你的粉絲！」這間書店的賣場保證無一例外的超有活力。

當然，有時候最先出來迎接的可能是店長或老闆，但是一間有活力的書店，女性店員一定不會害怕她的上司，而是會一路陪同作者，和作者說說笑笑，相談甚歡。

想想看，書店裡通常都是以女店員居多，她們最常接觸賣場裡的書籍商品，所以選書和銷售的敏感度最佳的當然也是她們了。因此一間充滿女性活力的書店，通常男性的上司也都很信任負責賣場的女性同仁的工作能力，會把工作交由她們全權處理，這樣的書店自然也就充滿了蓬勃的朝氣。

充滿女性活力的書店，男性的上司也一定超帥氣的。不論女性同仁如何挑選或選來多少本準備給作家簽名的書，他們依然不動聲色，只是靜靜地站在一旁看著。一點也不會在意一旦簽了名就無法退書的問題。

也許這種情況並不限於書店，凡是充滿女性活力的店家，上司應該都是氣度不凡的人。有些店長甚至會把挑選簽名書的工作交給打工的女店員，這樣的店長根本就和社會普遍認定的理想上司完全吻合。所謂理想的上司，就是會跟屬下說「責任由我扛，你只管做你想做的事」的上司。

所以說起來，一個職場的女性是否具有活力，不正是一個最容易觀察，也最容易判斷店家好壞的指標嗎？擔任管理職的人何不也觀察一下您辦公室裡女性同仁的表情呢？職場裡如果女性同仁的笑容很僵硬，那你可就要當心了。

二〇一二年九月

【回顧一語】如果有個會拉著同事說「耶——大家跟我來！」的人來瘋店長，我保證這家店的賣場女店員一樣也是超級有活力。

為觀光區注入「用心款待」的精神

幾天前，我有幸與高知縣知事會面。就在《來觀光吧！縣廳款待課》即將在明年黃金周假期拍成電影上映之際，知事為了答謝我對提振高知縣觀光產業的貢獻，頒發了一張感謝狀給我。

在這本書裡，我針對提振高知縣的觀光產業寫道，「高知縣觀光部的預算僅佔全縣總預算四千億中的七億」。然而，這本書出版後短短不過兩年，這個狀況卻大幅度地改變了。現在觀光部預算之優渥，甚至會讓其他部門語帶羨慕地說：「觀光部有那麼多預算真好耶。」「《龍馬傳》放映的時候觀光是否有些起色呢？」我這麼問其實是有原因的。因為高知縣從過去以來一向習慣於滿足這類特殊的觀光需求，我認為實在不是高明的做法。

知事回答我說：「觀光客的人數是一定多少增加了，不過它最大的成效是改變了縣民的想法。大家逐漸意識到『其實高知縣也是個值得觀光的好地方』。」

提振觀光最大的阻力就是認為「這裡什麼都沒有呀」、「這裡無聊得很」之類妄自菲薄的住民意識。要是連住在當地的居民都覺得自己的家鄉是個無聊的地方，還會有誰肯專程跑來觀光呢？

然而，改變想法其實是件高難度的事。所以我覺得能夠做到這一點的縣民和直言這個改變是最大成效的知事，他們真是值得信靠的一群人。

目前高知縣正在推行一項觀光政策。那就是計程車司機的教育。這又是一個不錯的著眼點。觀光區的計程車其實肩負著觀光客諮詢窗口的重責大任。

之前，我曾經為了工作跑了一趟高知。當時我們以計程車作為代步的工具，可是計程車司機的表現卻教人吐血不已。聊天的時候，居然說的都是對當地的抱怨。唉呀，都怪知事、都怪議員、都怪公所。真搞不懂為什麼付錢的乘客非得聽你的怨天尤人啊！

後來我麻煩司機載我們到新幹線的車站。我們從鑽進計程車招呼站遮雨棚的那一刻起，便一心只想縮短距離和爭取時間，可是就在即將停車之際，計程表即時跳了一格，而司機卻不懂得體恤乘客心急如焚的心情，竟然猥瑣地笑說：「不好意思嘿。」

最後我和同行的責編非常受不了地下了車。我心裡想，要是觀光，我才不會選擇來這種鬼地方咧！

旅客和當地居民接觸時的感覺也會直接影響到一個觀光區的價值。就這點來說，計程車確實肩負著提振觀光的重責大任。這次故鄉的改弦更張讓我對它充滿了信心，希望未來也能把這種「用心款待」的精神分享給日本全國各地的觀光區。

二〇一二年十二月

【回顧一語】最省錢，也最困難的，正是「改變想法」。也正因如此，一旦克服了這一點，不論遇到任何狀況，跌倒了也會繼續向前進。

懊悔不已的「滿」字

幾天前，我跟一位出版社的業務聊天時，聊到了一個話題。

「最近哪，我感覺連把自己喜歡的好東西推薦給人家都需要勇氣了。」

推薦好東西也就罷了，一想到萬一人家的反應是「蛤，這種東西也稱得上好喔？」就不敢直說自己喜歡什麼了……他大概是這個意思。

簡單講，就是害怕自己被人家用「原來你的水平就到這裡呀？」的方式給予否定。

話說我當上作家之後的第十年，曾經有過這麼一次採訪，讓我悔不當初直到今天。事情就發生在採訪開始沒多久。對方問我喜歡的電影，我說是「平成卡美拉三部曲」。

我愛死了「平成卡美拉三部曲」。甚至還專程跑去電影院看了《雷基翁來襲》和《邪神覺醒》，不用說全套的DVD我也都有。

可是採訪的時候，我居然是這麼說的——

「對呀，我滿喜歡『平成卡美拉三部曲』的。」

毀了！看到雜誌上登出我的回答時，真的被自己給打敗了。我居然語帶保留地給自己心愛的電影加上了一個「滿」字！

「滿」「普通」，凡是加上這類字眼就表示有所保留。當中隱含著一種萬一自己的喜好被人家給否定了，還有機會敷衍過去的企圖。

可怕的是，採訪當時我居然完全沒有意識到自己說了這個「滿」字。這證明了在潛意識裡，我擔心自己「被否定」，想隨時敷衍了事，而後逃之夭夭。

被一個陌生人否定又怎樣嘛！我用一種高高在上的語帶保留方式，對待了我心愛的好東西，要是給原作者知道了，人家會作何感想？創作出心愛好東西的原作者一定會很失望的。為著一個想像中的否定而自我保護，竟然傷害到原作者，能不說這樣的「我」實在是有夠誇張的嗎？

再回到前面和業務的對話。「相反的，要說出討厭什麼東西，倒是沒多少人會猶豫。」

「不知道是不是因為這年頭吹起了毒舌反而顯得酷的風潮還是怎樣？」

不過，看到有人口出穢言，就算對方是個陌生人，感覺一樣不會多好。比起動輒把「討厭」掛在嘴邊的人，我還是覺得勇於表達「喜歡」的人更了不起，值得我效法。

十年前發現了自己敷衍心態的那次痛苦的失敗，可說是一次教訓，直到今天我依然謹記在心。

二〇一三年三月

【回顧一語】當年那個「滿」字仍舊是我心裡的痛。肯定也是我一輩子的痛。所以我得時時自我警惕，要毫不猶豫地表達出我的「喜歡」。

來自上天的話語

之前我說過，我喜歡一個叫做《鐵腕ＤＡＳＨ！》的節目。

節目中介紹的許多和從事第一線產業，譬如農業、漁業的人們交流的情景，也是我喜歡的重點，不過就在觀賞的過程中，我聽到了一句話，讓我不由得低頭沉思、陷入了長考。

事情發生在製作單位來到了新潟的一戶稻米農家。就是曾經教導過東京小子種稻的那戶農家。節目中介紹了當時他們遇到一場破記錄的超大豪雨，造成田埂嚴重受損的景況。水田中的積水流失，導致稻田缺水，幾個外行人忙著修補田埂的缺口，苦不堪言。

當成員們描述著水田受損的情況時，有人對著農家的老農說「您的工作可真是不容易呀」時，只見老農擠著滿臉皺紋地笑著：

「唉，哪兒的話。想到東北……」

當下我心裡啊的一聲。猜想他八成會接著說，比起東北災區，這些事「根本算不了什麼」。老農顯然並無惡意，但要是他真的這麼說了，恐怕很多喜歡吹毛求疵的觀眾又會有話要說了。

可是老農接下來說出的後半句，卻讓我為自己剛才膚淺的擔心感到羞愧。

「想到東北，我才不會為了這點小事兒氣餒哪。」

多麼真切的一句話。還泛著暖意。簡直是來自上天的話語。

許多人往往會在想起了遭受重創的人們時，因為過於想去幫助他們解決問題，而習慣性地用一句「比起他們，我的辛苦算不了什麼」來說服自己。

而這位老農卻如呼吸一般地自然說出，「我才不會氣餒哪」。只有真正明白，思考任何事情的時候，唯一該做的就是面對自己的人，才可能說出這樣的話。或許也只有經年累月面對著毫不講理的「大自然」的人，才可能擁有這樣的篤定。

「人在做，天在看」是日本人特有的生命觀。和「大自然」一樣，其實對「自我」也是，講再多道理也無濟於事的。不論話說得多麼冠冕堂皇，其實自己心知肚明，這些話不過是在唬弄自己罷了。

那位老農應該早已走過了唬弄自己的歲月吧。

為了有一天也能抵達他眼下的風光景致，我已經把這句至理名言，收藏在心中的百寶箱裡了。

二〇一三年六月

【回顧一語】老農的風光景致如今對我依然是遙不可及。但願在我有生之年也能看到和他一樣的風景。

攻擊性標題背後的善意

就在今年涼爽的春季，《飛翔公關室》改編成電視連續劇了。也就在轉播的過程中，某家媒體提到了《飛翔公關室》這本書。雖然只是列舉出的數本作品中的一本。

它的標題頗具攻擊性。有點像是軍國主義娛樂作品煽動著國人的愛國心……（實際的標題並不是這樣，我更換了說法，免得被他們盯上。知道的讀者請直接略過）。

不過當我實際通篇讀完後發現，這則評論的內容既沒有提出正面的意見，也沒有什麼毒辣的言詞，感覺就像個響而不臭的屁一般。然後我對照了它的標題，才恍然大悟，「原來如此！」

表面上那的確是個頗具攻擊性的標題，但是實際上，內文並沒有針對文中列舉的每一本作品做出貼標籤或分析的舉措。還輕描淡寫地點出「作者並無軍國主義之意圖」。而且文末只是引用了某位書評家的評論，並未作出結論就結束了全文。原來這篇文字空有個攻擊性的標題，卻毫無內涵可言，純粹就是個屁一般的評論文。會寫出這種屁一般的評論，我想應該是記者痛苦抉擇的結果吧。

這篇評論出自一家立場左傾的媒體。八成是上頭下令，要求記者從文學和娛樂作品的角度批判社會的右派傾向。就我個人愚見，這位記者應該是情非得已才會寫出這樣一篇其實和他個人的想法相左的文字。

他一點也不想詆毀作品和作者，但是又不能違背公司的立場。於是只好下了一個攻擊性十足的標題，同時寫下了這篇屁一般的評論來保護我們。

我讀後的感想是「在這樣痛苦的抉擇下，竟然還不忘保護我」。甚至犧牲了自己，寫出這種腦殘文字……真是佩服之至。不禁讓我想起了《飛翔公關室》連續劇裡的一句台詞——

「那我有什麼辦法？電視台裡什麼樣的人都有啊！」

容我再重述一次，這是一家立場左傾的媒體。但是在裡頭未必每一個人的立場都是一致的。

不過，以上畢竟純屬我個人的臆測。是我試圖從一段頗具攻擊性的標題中尋找記者背後的善意，所作出的便宜解讀。但是，說不定，這樣的解讀可能會為這位寫下時事評論的記者帶來困擾，所以如果諸位已經猜到是哪家媒體，若您能放在心裡別說出去，就是萬幸了。

二〇一三年九月

【回顧一語】這是一篇以「知道的讀者請直接略過」作為前提的事後回應。後來我請編輯幫忙轉了一句口信，「謝謝您在這樣痛苦的抉擇下，還不忘保護我」，據說對方只是鞠了個躬，什麼話也沒說。

只要冷靜地閱讀，一定能看出媒體的評論是否出於惡意。當然充滿惡意的評論也時而有之。

令人費解的表達方式

這是幾天前，我去看電影時發生的事。

回想起來，事情應該就發生在電影即將進入高潮的前不久。一個女生突然起立，然後高聲蹬著馬靴的鞋後跟走出了電影院。用一陣像是故意踩響的鞋跟聲，以一種近乎狂妄的節奏，響遍了整座電影院。

我心想，她大概是覺得這部電影不合她的胃口吧。那陣粗暴的鞋跟聲明顯是在表達「這麼無趣的電影，讓人看了就覺得不爽！」

問題是，這樣的想法真的非得在這個時候對著電影院裡的觀眾表達出來嗎？

每個人對故事的喜好或有不同。觀眾有權拒看自己不喜歡的內容。如果這是一片DVD，要中途按下停止鍵，要氣得把光碟片折成兩半都隨她高興。但是電影院畢竟是個公共場所，同時還有其他的第三者在場。

就算對她來說，或許這部電影真的無趣至極，可是她終究沒有權力破壞其他觀眾看電影的興致。

同樣的道理也適用在電影結束後。有時候，我們會遇到那種一邊走出電影院，一邊跟朋友大肆批判剛才看完的那部電影的人。當場有一種這個人正在極力向大家宣告，我對電影造詣很高的氛圍。這究竟是什麼心態，實在令人費解。難道是希望一起走向出口的觀眾都認為「你真懂電影，真的好棒」？就算有人也同樣覺得這部電影很無趣，但是懂得分寸的人一定會靜靜地把自己對這部電影的看法帶到電影院外，找一個和他同樣看過這部電影的朋友表達自己的不快。

那位馬靴大小姐，看上去有著玲瓏高挑的好身材。穿著緊緻合身的衣裳，捲著一頭栗色的美麗秀髮，簡直可比時裝模特兒。可是在她高聲蹬著鞋後跟走出電影院的那一刻，覺得她很美的人肯定是一個也沒有。

用這種公然表達電影很無趣的方式惹人嫌，他們可以得到什麼？如果是想透過這種負面的表達方式強調自身存在，那不過是在自貶身價罷了。我寧可選擇相信，他們只是希望其他人也跟著他們一起覺得電影很無趣，一起不開心……

最後我要附帶說明，我覺得這部電影非常好看。

二〇一三年十二月

【回顧一語】這件事讓我深深覺得，「討厭」這種想法不會為周遭帶來任何的幸福。值得我引以為鑑。

小劇場中的手機

事情就發生在幾天前，我去看一位演員老友的舞台劇時。

那是一間擁有三百個席位的小劇場，演員五個人。加上一部難度頗高的劇本。劇情本身平鋪直述，不易製造戲劇張力，因此能否引起觀眾的共鳴，演員的演技是最大關鍵。

不過，台上的演員都很賣力。在平凡無奇的情節裡注入了情緒起伏，成功地把觀眾帶入了劇情之中。

觀眾屏氣凝神地注視著五個人情感的糾結，期盼著後續的發展。劇場內的氣氛逐漸緊繃起來。觀眾席上的每一位都已經感受到高潮即將來臨。

即將臨盆的孕婦，任著幾名孤獨男子撫摸著她的便便大腹。她既是故事中的紅花，也是個稍嫌低俗的角色。正當她任由男子輕撫著自己的肚子，準備開口說話時——就在此刻。

咕咕咕咕・咕咕咕咕・咕咕咕咕……

（喂！）——滿場觀眾心裡肯定都對那位手機開到震動模式的觀眾這麼喊著。我放眼一瞧，牆邊站位區有個拎著包包的女生正怯怯地縮成一團。早知如此，進場時就關機嘛！

咕咕咕咕・咕咕咕咕・咕咕咕咕……震動的聲響繼續無情地響遍靜謐的劇場。觀眾的心緒凝聚成了一個共識。

（出去！）

台上的女演員則毫不受制於台下發生的重大意外，盡職地說完了她的台詞。只不過，她究竟說了些什麼，聽到的觀眾恐怕寥寥無幾。而我也完全沒有任何記憶。

只因為一個站著看戲的她，讓劇情的高潮被蒙上了一層厚厚的陰影。也奪走了在場三百位觀眾的感動。

另外，我聽過一段軼事。發生在德國某位知名的指揮家擔綱指揮的音樂會上。演奏過程中有人的手機響了。指揮家二話不說，放下指揮棒，靜靜地離開了會場，音樂會就此落幕。這同樣也是一個人奪走了數百位聽眾感動的範例。

不論在劇場、音樂廳還是電影院。「請關閉手機」的提醒可不是說著玩的。如果你不想讓自己落入無地自容的窘境，強烈建議你，請在表演或電影開演之前，確認你手機的電源確實已經關閉。萬一你忘了關閉電源，手機響了，你只會招來在場所有觀眾的反感，這你永遠無需懷疑。

二〇一三年十二月

【回顧一語】至少，我希望那個害音樂會提前落幕的人不要是我。

幾天前，電影放映途中，有人起立去上廁所，只看他一路盡量壓低身體。為了不致影響到其他觀眾觀賞，壓低身體應該是最起碼的禮貌吧。和手機一樣，也是值得效法的好習慣。

©Yumi Hoshino

実際は、何度も
鳴っていたとか
仏の顔も3度まで
仏ですら3度！読もう！空気！
「こんな時間に 来るワケない」
「めったにメールも電話もないし」
と、思うと かかってきたりするもので…

※ 其實，響了不只一次。
所謂事不過三。三次是極限了！看一下氣氛行不行啊！
「這時候應該不會有人打來」「我平常就很少收到簡訊和電話」就是因為你這樣想，人家才會打來……

對奧運選手的「高見」

雖然我並不是那麼懂，不過我愛看花式溜冰，每逢電視轉播就必看；所以這一季的奧運賽事讓我看得很開心。羽生結弦奪金自然不在話下，男子團體獲獎更堪稱壯舉。對裁判說出「我們已經告別無牌傳說了」的淺田真央表現優異，鈴木和村上兩位選手也為國爭光地全力以赴了。

倒是話說明治天皇的玄孫，日本奧林匹克委員會會長之子，那位出身高貴的先生，最近卻在當紅的推特上提出了一段逆耳忠言，直指某位「落選了還嘻皮笑臉說自己『很開心』的選手」是豈有此理。他的邏輯大概是想說「使用公費的人怎麼可以這樣！」

抱持這種論調的人很常見，並不限於那位先生。公費來自於稅收。而我是納稅人。所以，我也算是選手的贊助者，那我當然就有對選手的表現表達意見的權利——我想他的邏輯大概就是這麼一回事吧。

不過有言在先，我只是試著就我個人的權利思考。我的確是納稅人。而且繳納了符合我收入的金額。可是關於冬季奧運，我對季外比賽並沒有多大的興趣。奧運讓我看得很開心，畢竟也僅限於比賽期間的「曇花一現」而已，所以我不敢把話說得太大聲。何況雖然前面我說我愛看花式溜冰，其實我從來不曾挪動雙腳，親赴現場觀戰，這一點還請見諒。

但是呢，既然身為納稅人，對於奧運，我起碼也有相當於納稅金額分量的，表達意見的權利吧？那麼，我的「納稅金額分量」究竟可以讓我享有多大的發言權呢？

以杜林冬季奧運為例，派出奧運代表團的經費據說多達一億三千萬日圓。日本人口大約是一億兩千萬，假定納稅人數是一半。一億三千萬日圓÷六千萬人，每人大約負擔兩塊錢。了解！這表示我贊助了奧運選手兩塊錢，也表示我擁有兩塊錢分量的發言權。

既然如此，那位出身高貴先生的高見，就兩塊錢的分量來看，會不會有點太高估了自己呢？不過這只是我試著行使了我兩塊錢分量的發言權，說不定人家在奧運季之外，還是個熱心支持各項比賽的贊助者，所以我還是別太囂張，閉嘴為妙。

二〇一四年三月

【回顧一語】人是不可能完美的，我們只能提醒自己，盡可能在了解狀況之後再行發言。要放在心上的事情還真多，不容易呀。

「自稱」全聾的作曲家

關於那位「自稱」全聾的作曲家，我藉由某個機會請教了某位音樂人的看法。

「我看了NHK的特別報導。真正創作音樂的人，作曲的時候會全神貫注在尋找音樂的靈感。絕不會作出拿頭去撞牆之類多餘的舉動。因為多餘的肢體動作只會影響到我們對於聲音的專注。而且他的動作，不過是想讓自己『更上鏡頭』罷了。」

我覺得，這位從事音樂創作工作的朋友，他簡單扼要的看法，似乎要比那位作曲家「更上鏡頭的舉動」有說服力得多了。

這麼說吧，那位作曲家其實犯了好幾個錯誤。其中最大的錯誤是，謊稱自己是個聽障者。這個錯誤已經「遠遠超出了他能夠為自己的行為扛起責任的範疇」了。

在《雨樹之國》這部小說裡，我設定了一位罹患突發性聽損的女主角。為了了解聽覺障礙，我曾經採訪過東京都後天性失聰暨聽障者協會。接受採訪的人本身只有一隻耳朵還有一點聽覺，所以採訪時他會把一邊的耳朵靠向我，同時一直盯著我的嘴唇看。因為必須用一隻耳朵對著我，所以他的視線一直都是斜斜的。而且儘管我在採訪前已經查詢過，知道「嗯」或「呃」之類語意含糊的發語詞會妨礙聽障者的聽覺，可是結果實在很慚愧，我說話的時候還是不時夾雜了這類語意含糊的贅字。

於是我才意識到，人在說話的時候竟然會摻雜這麼多無意義的虛字。同時也才了解到，要在充斥著含糊語意的談話中，透過僅有的一點聽覺去「聆聽」，是件多麼辛苦的事。

幾經訪查之後，我還進一步認識到，聽障者的辛苦並不僅止於「聽障」本身帶來的不便，還要加上「從外觀無法辨識」的雙重痛苦。從外觀上看，聽障者跟正常人沒有兩樣。正因為若是不主動告知，根本沒有人會發現，所以他們總是處在痛苦和危險之中。萬一睡覺時警報器響了，要是只有獨自一人在家，他們根本不可能留意到發生火災了。

而那位「自稱」的作曲家，正是利用「聽障者從外觀無法辨識」的這一點，謊稱自己是個全聾的人。事發之後，社會大眾當然就會有「原來聽覺障礙有可能是騙人的」的想法。如此一來，他不但踐踏了聽障義工們過去持續向社會大眾宣導「聽障者從外觀無法辨識」的痛苦和危險所付出的努力，更讓「惡意詐騙」的不良印象在社會上不斷地蔓延。讓未來所有的聽障者都可能因為這個不良印象而繼續受苦。

我要再強調一次，我絕不是要他為自己的錯誤負責。因為這位自稱作曲家犯的錯，已經遠遠超出了他能夠為自己的行為扛起責任的程度了。我只希望他能夠知恥。希望他承認「自己利用了聽障者從外觀無法辨識的弱點做了騙人的事」。

然而即使如此，也無法解除聽障者今後的痛苦，但是這位自稱作曲家如果希望還有幾個人記得他，我仍舊希望他能夠這樣做。

二〇一四年五月

【回顧一語】後來《雨樹之國》在二〇一五年十一月改編成電影。因為原作者沒有出資參與製作委員會，所以本來我是無權提出內容以外的意見的，不過我還是拜託他們能夠盡量讓多一點的戲院上映字幕版。然後，製作委員會同意會朝著這個方向努力，並且持續和電影發行公司強力交涉（因為播放字幕版必須得到上映電影院的同意）。

另外，在同一個時期上映的《圖書館戰爭2：最後任務》，我也提出了同樣的要求。

但願未來能夠有更多的無障礙播放，讓我們的社會有一天再也不需要這樣的交涉。

©Yumi Hoshino

見た目でわからないコトは
多いけど
ファーストインプレッションは
見た目しか
ないから…
心くばりが大事だよなあ…
ウソはだめよね…

※ 雖然很多事情是看不出來的
但是第一印象又只能用看的……
所以還是用心去感受最重要……

騙人是不對的……

在機上哭泣的小娃兒

我經常搭乘飛機南征北討。每當遇到帶著小娃兒的家庭，我總會做好心理準備——來吧，看你哭是不哭。

因為搭乘飛機的機會不少，和哭泣小娃兒共乘的機會自然也就多了。於是就在哭聲的BGM中，我細細研究了究竟為什麼這些小傢伙們在飛機上非哭不可。

起初我猜想他們會不會是被噴射機的引擎聲給嚇哭的，可是這個想法立刻就被駁回了。因為引擎爆發的巨響，只會發生在跑道盡頭、飛機起飛前的那一瞬間，但是幾乎沒有小娃兒會在這個瞬間哭起來（這僅屬我個人的觀察經驗）。

事實上我感覺小娃兒哭泣的時間點，大多發生在飛機爬升和下降的時候。而且爬升時，當飛機轉為水平飛行的時候，哭泣的小娃兒便會自然停止哭泣；下降時，在飛機著陸以後，還會繼續放聲大哭的小娃兒也不多見。

難不成這些小傢伙是因為氣壓改變所產生的耳塞感，讓他們覺得很難受才哭的？要是成人的話，只要捏住鼻子鼓個氣，問題就解決了，可是對不懂事的小娃兒來說，耳朵突然受阻，聲音變得很遙遠，那可是個超級大的環境改變。小孩的耳管又細又小，說不定伴隨而來的疼痛也比大人強烈得多。莫非這些小傢伙是在用他們幼小心靈唯一能想到的方法，向周遭的大人表達他們當下所承受的痛苦和恐懼？從飛機維持一定高度的時候，幾乎找不到哭泣的小娃兒（僅屬我個人的觀察經驗）便足以證明我這個推論應該沒有錯。

這下我終於明白了。從此以後，我開始把這些在飛機上哭泣的孩子們想成，他們正在用著他們自己的方法努力鼓氣，好解決耳塞的問題。而且每當我暗自為他們聲援：「哭一哭就能鼓氣囉，加油！」後，大部分的哭聲都會自動消音，不會再吵到我。萬一還是被吵到了，我只要向空姐要一對耳塞，問題就解決了。

所以我建議帶小孩搭飛機的家長，當小孩哭的時候不妨試著讓他們喝點水或吃糖果。兩種方法應該都有助於鼓氣。如果這種方法真的有效，請記得跟我說。可惜我沒有小孩，無法親自證實這個推論。這時候沒小孩還真有點寂寞呢，不過我也因此才會透過出現在我身邊的孩子們來豐富我的人生。能夠如此豐富一個陌生大人的人生，這些孩子真是人間瑰寶。要繼續加油鼓氣喔！

二〇一四年六月

【回顧一語】有一位媽媽跟我說：「帶小孩搭飛機的時候，我都會隨身攜帶附有吸管的果汁。」

沒想到我的加油鼓氣理論還真的挺不錯的呢。

木棉手帕

小時候，每當我搭著爸爸的車去兜風，音響一定會播放著一首歌。

戀人哪，我將踏上旅途，坐上往東的列車……沒有錯，正是太田裕美的〈木棉手帕〉。

在我當年童稚的心裡，這是一首很浪漫的歌曲。不是面紙，而是手帕，多麼地詩情畫意，歌詞也充滿了故事性。就像在聆聽吟遊詩人說故事一般，我總是隨著音樂一起哼唱著。

歌詞敘述一個離鄉背井走入城市的男孩，和一個留居故鄉的女孩，兩人之間的情書往返。男孩胸懷壯志來到了城市，承諾會找到一件最棒的禮物送女孩，可是女孩說她不要，只希望男孩回歸故鄉，不要被城市的染缸給污染了。

逐漸適應了都會生活的男孩又說，想送一只城市裡流行的戒指給女孩，一定很適合妳的。女孩又回信說，她需要男孩的吻更甚於戒指。

時光轉眼過去了。愛人啊，妳在故鄉還是不擦口紅的素顏嗎？我在城市裡變帥了。寄一張我穿西裝的相片給妳，是不是很帥氣？

不要，我只喜歡小時候在草地上打滾的那個原來的你。

終於，男孩說他不打算再回故鄉了，也不想再回到愛人的身邊。希望妳能原諒這個已經把妳忘記而且被城市汙染的我。

女孩則請求男孩送她第一份也是最後的一份禮物。是要用來擦乾眼淚的木棉手帕……

當年我聽著清脆的歌聲，為這男孩如此過分感到氣憤，對女孩悲慘的戀情則寄予同情。可是長大以後回想起這首歌，寄予同情的對象卻變成了那個男孩。

男孩胸懷壯志來到東京，應該找到了一份正當的職業。他努力工作，省吃儉用，等到存足了錢，立刻為女孩買了戒指。可是女孩卻不開心，讓他好生失望。

站在男孩的立場想想，那一定很讓人鬱悶吧。男孩只希望自己的奮發向上和努力打拚，能夠得到女孩的認同。然而女孩卻無法理解男孩在工作上的用心，反倒無情地要他辭掉工作，重歸故里——

男孩最後那封說他已經被城市汙染了，決定分手的信，難道不是他對拒絕改變的女孩最後一次的體貼嗎？

為什麼妳看不到我在城市裡的努力！妳這樣的反應只會沖淡了我對妳的愛情！男孩似乎吞下了這些心裡的怨言，快筆寫下了這封信，好讓女孩清楚知道這個人已經落入了城市的染缸，再也沒有改變的可能，只好靜靜地接受分手的現實。

〈木棉手帕〉，過去我認為是一首深情女孩的苦戀之歌，在不覺之間，聽到的卻是一首洋溢著溫情的戀曲。

音樂也好，故事也罷，真正有力的作品歷久彌新，就像一只萬花筒，總會讓人看到全新的視野。願我懷著一顆期待的心，珍惜此生相遇的作品。

二〇一四年八月

【回顧一語】創作出能夠在不同的年歲不斷回味的作品，是絕大多數創作者的夢想。我也要加倍努力了！

スワトウの
ハンカチとか
リクエストしたら
ダメダメ☆
細かい刺繍のはウン万円…

※ 如果妳要的是
汕頭的刺繡手帕
那可不行嘿☆

做工細緻的刺繡很貴耶……

「嘈雜聲」和「噪音」的不同

雖說廣告宣傳的手法一向千變萬化，但是有一陣子出現在東京街頭的那種宣傳手法，還真是教人受不了，「這不叫暴力什麼叫暴力！」

他們開著改裝得氣派豪華的宣傳拖車繞行，一面播放著廣告。在無人蓄意發出聲響的人潮中載著巨型喇叭，以破壞性的音量蓄意放送，就吸引眾人目光來說，的確達到廣告效果。

問題是，眼睛可以閉起來，耳朵卻沒辦法閉。面對訴諸視覺的宣傳廣告，我們可以移開視線，選擇「眼不見為淨」，但是訴諸聽覺的宣傳廣告，我們卻無法主動把它消音。

這類宣傳拖車等於是用聲音霸佔了空間。如果是電視或廣播的宣傳，我們只要關掉電源就解決了，但是宣傳拖車卻是我們關不掉的。在他們離開以前，我們只能任由近乎暴力的廣告聲侵犯著我們的耳根；萬一這台拖車遇到了塞車，大家便只好皺著眉頭，設法逃離現場。

有一次我搭乘的計程車就碰巧跟在幾台宣傳拖車的後面，在拖車離開我們的路線之前，我和同行的朋友在車上甚至無法交談，只能無奈嘆息。

這大概就是所謂「街宣車」的宣傳廣告版吧。不過，它是否有達到廣告宣傳的效果，那又另當別論了。

在公共的場合，沒有人會想聽到蓄意製造出來的噪音。大街上的自然嘈雜聲——人來人往的說話聲和汽車、電車之類的車聲，是嘈雜聲卻不是噪音。強迫他人聽嘈雜聲的行為是不可能存在的。因為那些車聲並沒有使用刻意放大音量的機器，而且一旦離開了鬧區，聲音也不會跟著過來，所以就算在街上聽到了自己不愛聽的音樂，那仍舊說不上是噪音。

沒禮貌地用超大音量強迫他人聽，就是一種暴力。以暴力手法來宣傳廣告，真的能讓人有好感嗎？會發出聲響的宣傳廣告，宣傳力道愈強的，使用之前愈需要三思。

不過這些宣傳拖車倒是讓我學會了一個道理。原來大街上漫無秩序但不是蓄意強迫他人非聽不可的「嘈雜聲」是那樣地有人情味。但是，我已經受夠噪音了，你們不需要再出動一次，強迫我複習這個道理。

二〇一四年十二月

【回顧一語】最近這種宣傳拖車少多了，真是謝天謝地。

出版文庫本的時機

幾年前，就在某位人氣作家的小說被改編成電影的時候，發生了一件讓我不禁讚嘆「夠義氣！」的事。

因為這部小說並沒有趁著被搬上大銀幕而藉機推出文庫本。好，既然提起了這件事，我就非得說明一下它究竟哪裡夠義氣，又怎麼個夠義氣法了。

通常一本小說最常見的銷售模式是，先出版成三十二開大小的單行本，等到二～三年以後才會再版成小小一本的文庫本。

不過，一旦改編成了電影，原作必定會跟著洛陽紙貴。如果原作是價格比單行本更為低廉的文庫本，銷售的績效又會更好。

於是自然就有人會說，「那就快點再版為文庫本哪！」也不管它的單行本可能才剛上市不久。

這部小說也是，距離再版成文庫本的時間還早得很。它的單行本還具有相當的銷售後勁，可是，該不會要藉著搬上大銀幕的機會提早出版文庫本吧？雖然是別人的作品，我還是會對此感到幾分遺憾。

結果，這位作家打消了出版文庫本的念頭。硬是放棄了改編成電影，連帶銷售原作的大好時機，而決定選擇老老實實地繼續賣單行本。

在出版業界，販售單行本其實是支撐這個業界極為重要的一道流程（說得直白一點，就是賺取營運資金）。有些人可能認為，所有的書從一開始就出版成物美價廉的文庫本不就得了，問題是，如果終止單行本的出版形式，培養新人作家的工作就會變得非常困難。

因為，文庫本每個月新書的出版數量相當龐大，大到必須立即汰換掉上一個月才出版的新書。這種汰換是種不得不為的作業流程。一位籍籍無名的新人如果從一開始就出版文庫本，要想在一個月內創造出實際的績效，並且繼續留在書店平台上的機率根本微乎其微。倘若硬是把它留在書架上，結果只會造成「後續的書籍必須減量出版」的惡性循環。

而單行本的販售型態就靈活多了。因為比起文庫本，單行本每一個月出版的數量較少，書店的店員和出版社比較容易發揮巧思，願意「設法讓這本書能夠賣得更久更好」。

也因為如果不培養新人，出版業界肯定會每況愈下。而為出版社賺取培養新人的資金，則是成名作家的義務（這裡如果我還故作謙虛，想必只會讓人倒胃，所以我先舉手，現在我也算是成名作家中的一個）。

而且如果文庫本和單行本的出版時間距離太近，讀者一定不會去買單行本的。大家會想，只要再等一等文庫本就上市了，結果當然就會節制自己的購買行為。

總之，我很為這位夠義氣的作者所作出的決定感到高興。我非常清楚她是為了整個出版業界著想，才會打消念頭的。後來我聽說她的單行本因為電影而大賣。我相信因為她的堅持，這本小說的文庫本應該也會繼續暢銷。

聽起來也許像在自吹自擂，不過很抱歉，我自己也經歷過好幾次放棄銷售的大好時機，堅持保留單行本的經驗，所以我私下其實把這位作家視為和我是同一國的。

我也相信，因為我們的堅持而換得的經費，一定會成為培養下一代新人的資金。

而各位讀者也是我們強而有力的後盾。不論是單行本、文庫本、雜誌、漫畫──每當你在書店買下一本書的時候，你其實是在投資出版業的未來。非常感謝您的惠顧。

二〇一四年十二月

【回顧一語】這位夠義氣的作家是三浦紫苑，那本小說則是《啟航吧！編舟計畫》。現在已經再版成文庫本了，如果讀者有意響應她那情義相挺的魄力，還不趕快去書店，GO！

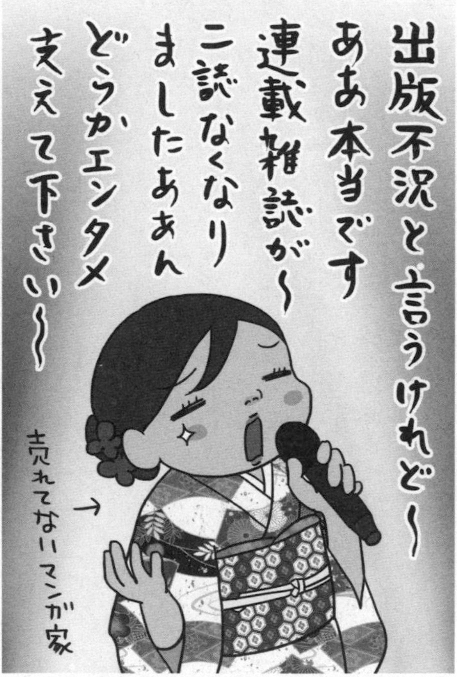

※ 有人說出版業不景氣～
唉，是真的！
我連載的雜誌～
已經少了兩本啊
拜託拜託
請支持娛樂作品～

默默無聞的漫畫家

投資未來

幾天前，我有個機緣和書店的店員聊天。

向來活力充沛的她，那天卻看起來有些心事重重。在我詢問後，才知道有人指著某位人氣作家當天才剛上市的單行本問說：「這本沒有文庫本嗎？」

在此我想針對這個一般讀者顯然不甚了解的小說銷售模式作點說明。

通常一本小說會先出版成三十二開大小的單行本（封面大多用的是硬硬的厚紙板，所以我們慣稱它為硬皮書或精裝本）。一般小說所謂的「新書」，大多指的就是這種四六版的單行本。單行本在出版了兩、三年之後，才會再版成體積較小的文庫本。

換句話說，新書出版了兩、三年以後，書店裡才會同時出現單行本和文庫本，這是出版業界最常見的銷售模式。

但是因為體積小又價格實惠，很多客人會比較偏好購買文庫本。所以當這位店員回答說：「今天單行本才剛上市，文庫本要再等幾年才有喔。」客人卻不了解箇中的緣由，結果便賞了店員一頓罵。

我們常經聽到讀者建議，直接全部都出版成文庫本不就得了？從讀者的立場想，這完全正確。可是，我希望讀者也能諒解，出版社也有出版社情非得已的苦衷。

相信上班工作的人都了解，盡可能拉長商品的銷售時間，盡可能賣出能夠獲利的商品，是市場運作的基本原則。而出版業也和其他業種一樣，是根據這個原則在運作的。

「可是你們先賣出高價位的單行本，等賺足了鈔票才出版便宜的文庫本，也未免太老奸巨猾了吧。」我希望會這麼想的讀者們，能夠明白時間和金錢是成反比的，這是資本主義社會的一大原則。比方說電車好了。慢車的票價一定比較便宜。但是，也比較花時間。不想把太多時間花費在車上的人，自然會選搭快車。換句話說，他是在用金錢換取時間。有意享有「快」的服務，就必須付出相對的金錢。

書籍也是一樣的。單行本很貴，但是可以在上市之後先睹為快。文庫本很實惠，可是要想買到就得再等幾年。

另一個問題是，如果把所有的書籍都出版成文庫本的話，我們就沒辦法培養新人作家了。因為文庫本每個月新書的出版數量相當龐大，而書店賣場的空間是有限的，只好立即汰換掉上一個月才出版的新書。一位毫無名氣的新人如果從一開始就出版文庫本，要想在短短的一個月內創造出實際的績效，幾乎是不可能的。到頭來只會讓新人失去了生存的空間。

而單行本就靈活得多。因為比起文庫本，單行本每一個月出版的數量較少，書店的店員和出版社會更容易「設法讓這本書能夠賣得更久更好」。

投資未來需要資金。出版業界也是如此。但願大家都能理解，不論是作家或出版社，我們自始至終都在竭盡所能地提供讀者「希望先睹為快」「希望擁有像單行本那樣更值得收藏的好書」。如果真的能夠得到大家的諒解，我們會感到非常的榮幸。

大家可以視個人的狀況和需要，選擇單行本或文庫本。每當你在書店買下了一本書，表示出版業界又得到了一次投資未來的聲援。每當書市又出現了一位新的人氣作家，請記得大大地讚美自己：「他是我培養出來的！」

二〇一五年三月

【回顧一語】真心感謝大家總是到書店買書。不只是我的書，也包括雜誌、漫畫、生活實用書，不論是哪一種類型，你都等於正在推動出版業界和書店的運作。為了讓未來能夠出版更多的好書，也為了聲援實體書店，請多多前往在地的書店，直接向他們購買。

尊重看的權利和不看的權利

「請不要改編成影視作品啦！」對於這樣的建議，我想好好地作一次明確的回覆。

我不會接受這個建議。因為，改編成電影是創作小說的作者，和出版小說的出版社，推展事業的權利。

我是個職業作家，出版社是個營利機構。我的小說，對於我或對出版社來說都是一項資產。該如何善用這項資產，從事怎麼樣的商業行為，不只左右了我的作家生涯，也左右了出版社的經營。

我賺來的錢，在我寫書不是那麼順利的時候，是支撐我沒有收入期間的生活資金。有了這筆資金，我才能在任何狀況下繼續保有「寫自己想寫的」和「不寫自己不想寫的」的權利。既然有幸享有這樣的權利，我是不可能放棄它的。

而出版社賺來的錢，則是他們繼續出版書籍，以及培養新人作家的資金。這筆錢非常重要。所以出版社也不可能放棄選擇賺取這筆資金的機會。

大家抱怨出版業不景氣已經由來已久。為了讓我能夠繼續寫自己喜歡的內容，出版業界必須維持正常的運作；為了讓出版業界繼續維持正常的運作，我也不會吝於提供我的資產。

透過「影視化」的方式，書店可以把書賣得更好。銷售業績會出現明顯的改變。這已經是不變的真理了。所以不論讀者如何懇求，只要有人找我合作，我是絕對不可能放棄改編影視作品的機會的。利用自己現有的資產創造最大的利益，是每一個生意人擁有的權利。即使有一部分讀者用著近乎威脅而且強硬的字眼要求我，我也不會放棄的。

不過，我一定會把我的小說交給真正喜歡它的製作團隊，這是絕對的條件。所以，每一部由我的小說改編成的電影，一定都「達到了我的要求」。因此，「有川被電影公司利用了」的傳言，完全是子虛烏有的事。

當然，讀者也有讀者的權利。對於改編電影，讀者擁有「不看的權利」。如果你只想在心裡留下對原作的印象，你擁有將它完全隔絕於外，「在我的世界裡從不存在這種東西」的權利。

另一方面，讀者也擁有「看的權利」。而且看的權利和不看的權利，兩者應該彼此尊重。為了想行使看的權利的讀者，請節制「看改編電影是很丟人的事」之類的言論；為了想行使不看權利的讀者，也請節制「不看改編電影是很丟人的事」之類的言論。

二〇一五年九月

【回顧一語】這篇是我在收到了一個針對改編電影的劇組和演員，實在粗暴得有點過頭的意見之後所寫的。自己的朋友被罵，我想應該沒有人會不感覺難受的。

作家也是如此。

同時，如果讓一些因為看了電影才知道我的小說的讀者留下「這位作家的粉絲都很粗暴沒有水準」的印象，對我又是另一次打擊。沒有一位作家不會因為自己的讀者遭人嫌棄而不難過的。一個人的謾罵可能讓其他的讀者連帶給人不好的印象。

「你是你，我是我，我們還是好朋友。」

請尊重彼此的「看的權利」和「不看的權利」。

※ 這些是粉絲們的看法

《20 世紀少年》
每一個角色都
跟原作的印象一樣，超讚的！

《嫌疑犯 X 的獻身》
跟原作完全不同也是超讚的！

《圖書館戰爭》
劇中女高男矮
完全忠於原作！

只要感受到原作的愛，
粉絲永遠開心……

不要公開說「討厭」

「『喜歡』的心態具有無限的創造力，『討厭』的心態具有無限的破壞力。所以，我盡可能不說我『討厭』什麼或覺得什麼『不好』。」

這是一位擔任劇團製作人的朋友，最近在推特上的喃喃自語。

真是深得我心。

不知道從什麼時候開始，我也盡量不在公共的場合表達負面的想法了，不過朋友的這段話，仍舊再一次提醒了我，這麼做是對的。所謂公共的場合，網路也包括在內。

表達個人的「喜歡」或「討厭」都是非常容易的事。可是，當我們在公共場合說話的時候，不論說多少次「喜歡」也不至於傷害他人，但是「討厭」的想法卻可能否定他人喜歡的感受，因而傷了人家的心。我是個膽小鬼，所以我實在沒有勇氣背負傷人的可能，在公開場合表達我的「討厭」。

我判斷的標準是：「我是否也敢當著人家的面，說出同樣的一句話？」

我不是聖賢君子，當然有些不喜歡的作品和人。但是當我自問，如果當事人就站在我的面前，我是否還說得出「我討厭你」？如果答案不是肯定的，我絕不會公開說出這樣的想法。這就是我的判斷方式。

如果是不敢當面告訴人家的「討厭」，那又何必刻意公開說出來製造紛爭，或者否定人家所喜歡的什麼呢？這就是我身為一個普通老百姓所得出的結論。

這麼做其實也跟我那微小的自尊心有關：我並不想讓自己陷入一種——非得公然在自己討厭的事物上蓋上一只「不良品」的印記——負面的自我意識裡。其中還包含有一點點的責任感：既然要表達自己的想法，就得先在心裡想好了才說。

值得一提的是，我其實是一個當我不小心說出了我喜歡的作家是誰，會立刻被一群地位崇高的讀書人嗤之以鼻的作家。甚至到了會被他們說：「會喜歡那種貨色的人，腦袋八成有毛病。」的程度。

所以，每當我在網路上看到有人在他的「關於我」之類的地方寫著「最愛的作家……有川浩」，我便會感覺坐立不安，「可能會被人家取笑喔，這樣好嗎？」「升學或就業面試的時候，可別說出來呀」——不過我也會想，他一定是鼓足了勇氣才說出了他「喜歡」我的小說的。所以在我心裡，總會生起滿滿的感謝。

二〇一五年三月

【回顧一語】但願大家都能重視語言的力量。我相信就算只是隨口說說，負面的言語一定會傷害到自己的心靈。

相反的，正面的言語一定會在自己的心靈裡蓄積成一股強大的力量。

個人作品解說 in 2006

●《鹽之街》

在我小說裡的離奇設定，向來都出自我非常單純的突發奇想。我後來得到電擊小說大賞的出道作《鹽之街》也是如此。它的發想緣起於一個名詞，就是我在海邊從小聽到大的「鹽害」。所謂「鹽害」，就是鹽分對農作物造成的損害。有一天我偶然發現，單從字面上看，這個名詞還挺有意思的。我想到，如果不知道它的意思，「會不會有人以為這是某種因為鹽巴而感染的疾病？」

高中女生真奈和退役自衛官秋庭，這兩個在正常狀況下原本不可能相遇的人，卻因為「鹽害」的關係而住在一起。起初其實我壓根不知道兩人的關係會如何發展，如果用文庫本來說，其實應該寫到「Ｓｃｅｎｅ３」故事就結束了。故事寫到後半部，之所以演變成現在大家所看到的樣子，是因為我很想深入掌握描寫愛上真奈的那個人。也就在這個時候，才形成了戀愛小說的形式。

出道當時我印象最深的就是編輯曾經跟我說：「妳的風格就是愛恨分明。」還說在電擊文庫當中從來沒有過這麼認真描寫愛情的故事，不知道讀者是否能接受。聽到這番話，記得當時我只是想著，那也是沒有辦法的事。讀者不喜歡，我會很難過，可是我一點也不想放棄寫愛情故事。就從那一刻起，我漸漸意識到，這是我唯一能走的路。不過意識歸意識，難過還是繼續會難過（笑）。

至於描寫愛情的手法，我想我受到少年漫畫的影響最深。好比說《終極傭兵》（編劇工藤和也、作畫浦澤直樹／小學館）。雖然主角是個退役傭兵，內容也相當殘暴，可是故事中卻夾雜著他和一位女性退役狙擊手之間的藕斷絲連，這樣相對較柔性的情節。平常打鬥的帥酷模樣，一旦進入了溫情的場景，主角會立刻變成弱雞。其間的反差令人興奮不已。所以我想這類早年的閱讀經驗，應該和我現在的寫作風格有著某種程度的關聯吧。

●《空之中》

這是當我聽說，平流層是大氣層中唯一一塊人類從未深入探究的領域時，所發想出來的故事就是這本《空之中》。我想像著，要是那裡存在一種肉眼看不見的巨大生物，那一定很有趣。一般「電擊小說大賞」的得主都是在獲獎之後即刻著手寫第二部作品的，而我則是在《鹽之街》上市的前後，差不多已經把《空之中》給完成了。

首先，這部作品最幸運的是，我在下筆之前，有緣認識了宮崎彌太郎先生。彌老是目前高知縣仁淀川上唯一碩果僅存，以捕魚為生的漁夫。剛認識他的時候我就想過，好一個滿口土佐方言的帥氣大叔呀，然後就拜託他當我小說人物的原形。小說中的老人是我老早便決定好的角色，但是之所以會以我出生的故鄉高知作為故事的背景，則是因為認識了彌老的關係。甚至可以說，書中的宮爺爺就是彌老本人。有讀者說我把宮爺爺的帥酷寫得有點過頭了。這點我承認，比起書中更為關鍵的角色——事故調查委員高巳，也許我真的把好事全都寫給了宮爺爺。

幸運的事還不只這一樁。這本書後來被出版成了精裝本，也是非常幸運的事。當我完成了書稿，聽到出版社這個決定，可當真嚇了一大跳。「因為沒有前例可循，所以有可能反而造成損失。不過我們還是希望您能同意。」我當下被編輯先生簡潔有力的說辭打動了心，就同意全權任憑處置，但是日後，包括以各種方式推廣，全力宣傳的出版社同仁、主動配合宣傳的書店、立即同意為我大力推薦的大森望先生，還有支持我的讀者……在大家的鼎力相助下，這本輕小說才會連一些原本不看輕小說的讀者也願意接受它。我始終認為，《空之中》的成功是大家共同創造的一次奇蹟。

●《海之底》

吹牛想吹得漂亮，就得加入一些周邊相關的事實。這種寫作的手法不僅適合我，寫起來也有趣。這一點，是我在寫《空之中》的時候發現，又在《海之底》的時候落實的。這本書在下筆之前，我把故事大綱寄給了編輯，「巨大甲殼生物登陸橫須賀、潛艦十五歲少年漂流記、密室」，就這樣。現在回想起來，還真佩服他單看這短短幾點條列就讓我過關了。大概當時他已經死了心，「反正她就是個不愛寫大綱的傢伙」。

既然要以潛艦作為故事的背景，我先查詢了海上自衛隊的組織圖和他們例行的作業程序。然後訂出時間序列，在朋友的協助下，透過網路聊天，模擬了巨大甲殼生物襲擊時，政府、自衛隊、警察等單位可能採取哪些行動。想要寫出真實存在的機構組織的時候，尤其需要這樣的模擬，不了解的地方絕不可以用想像憑空亂寫，所以為了查證某一段話的真實性，就可能花掉我不少時間。而且可能好不容易查證到自己可以接受的程度了，真正寫進小說的卻只是其中的極小部分。大部分都得棄之不用。因為如果寫進太多的事實，對原本打算輕鬆享受劇情的讀者，和對寫作的我來說，都太沉重了。所以我想只要能讓人感覺到最低限度是可能發生的「適可而止的事實」，或許就是最適合我的寫作路線。

這部作品有一幕是我堅持一定要寫入的，就是進入潛艦的成員之一，高中女生小望的生理期來了，然後自衛官夏木和冬原拚命幫忙想方設法的那一幕。要說為什麼非寫不可，因為這是我在阪神大地震時的親身經驗。當時我住的地方所幸受災的程度不大，但我還是吃了不少苦頭。其中最教我擔心的就是生理期。當時我心想著：「要是面臨比這更嚴重的狀況，萬一生理期來了該怎麼辦？」這種事情雖然就算對家人也頗難啟齒，但如果災變發生，希望男生一定要多留意一下身邊的女生是否有這方面的困擾。這也是我寫下這一幕的用意。

●《圖書館戰爭》

關於《圖書館戰爭》，我印象最深的是當時非常急著「得快點把它給寫出來」。因為它的靈感來自「圖書館自由宣言」，這種說法也許有些失禮，不過以它當作故事的題材確實非常吸引人。而且任何一間圖書館都公布著這段宣言，如果我不快點寫出來，肯定會被其他人給拿去用。所以，我也顧不得當時《海之底》才寫到一半，就跟編輯說好，「下次交稿我要寫這個」。

在書寫這本從一開始就已經確定會出版成系列小說的作品時，我試著打開了我心裡的喜劇抽屜。因為前三本小說走的都是嚴肅路線，所以我想在加入軍事元素的同時，也加入一些讓人莞爾一笑的梗。例如女主角仍舊維持著乖女孩的形象，於是我刻意在笠原郁身上外加了傻大姊的元素。寫的時候心裡是非常開心的，不過當我交出了初稿時竟然被打了回票。為什麼呢？因為編輯說「郁說話的口氣太粗魯了」。可是我怎麼看都覺得那還不到會被退稿的程度，而且我自己平常就是那麼講話的呀……最後不只編輯，連我的朋友、知己也說這樣不行。這讓我有點受傷：「原來大家老早就覺得我平常說話沒大沒小的啊。」

下筆的時候，我不太會去思考對話的細節，就像大腦直通手指的感覺。因為我從很小的時候就開始編故事了，可能是訓練出來的，很自然就能進入這樣的狀態。比較需要動腦的反倒是場景的設定。只要確定了場景，就會像文思泉湧一般地快速寫完。出現在故事後半的「稻嶺司令的腳」，就是我特別得意的一幕。不過多說可能會破梗，這裡只能點到為止。

這本書在上市以後，我收到了一位現任圖書管理員的來信表達謝意。我只是想說，現實中的圖書館和「圖書館戰爭」系列是完全不同的世界，所以如果讀者在看到和現實相似的內容時，如果都能夠一笑置之，把它視為一本完全虛構的故事，我想我會更開心的。

●《圖書館內亂》

第一次挑戰系列小說，卻萬萬沒想到第二部的《圖書館內亂》居然出現了連我都感覺出乎意料的劇情發展。

首先是，儘管在第一部裡我已經寫得很清楚，這系列的背景是保護書籍的圖書館和執行出版管制的媒體優質化委員會兩者間的對峙，再加上圖書館內部的派系鬥爭，但是一旦新的人物陸續出現，同儕之間和內部的爭執並不是單純的兩造對立的狀況才逐漸明朗化。而且不論我感覺有多怪異，但在不同立場的人眼裡，那些想法卻是正確無誤的。於是我才一面寫一面意識到，原來各方都有各方的信仰和主張，而各方也都在從各種不同的方向朝著各自的目標挺進。

其次則是，幾位主要人物在性格上逐漸露出了教我意外的另一面，譬如郁的教官之一的小牧，他為什麼會那樣地堅持正確的主張，透過這部作品我才明白了原因。像他這樣一個可以若無其事地對自己的搭檔堂上吐嘈的角色，竟然「也有純情的一面」，讓我很是驚訝。還有和郁同期的優等生手塚，竟然和他哥哥有一段錯綜複雜的關係，「難怪會有那樣的個性。真是不容易呀！」我也寫到說話狠毒的蛇蠍美人柴崎，儘管和郁非常要好，可是偶而也會想欺負郁的那種心態。雖然故事還沒結束，不過看來郁和堂上要想有情人終成眷屬，恐怕沒那麼容易。在書寫的過程中，我感覺自己對每一個角色的愛正在逐漸加深。

之所以會把他們說得好像是另一個人似的，是因為他們個性的另一面，對我來說都是全新的發現。就我個人而言，故事人物在事前大致的設定是一定有的，不過基本上他們終究不是我。感覺就像是直到下筆開始寫後，我才開始認識他們。所以我是後來才知道，郁一直是個毫無隱瞞的直腸子，堂上則是想隱瞞卻根本無法隱瞞，而手塚、柴崎和小牧則是不喜歡變成眾人焦點的低調性格。真是難搞啊。

所以對我來說，寫小說就像是一次預先大致決定好起點和終點的旅行。好比說我決定從九州出發到北海道去，交通工具由我自由選擇，旅費也沒有上限，要跟誰去也隨我高興。而且我想要從九州的哪裡出發都可以，或者以北海道的哪裡作為終點都無所謂。書寫的時候就是這種感覺。也因為事前我並沒有準備詳細的地圖，因此這部系列最後會走到哪兒，現在連我自己也不清楚。

●《雨樹之國》

這部作品，是我第一部沒有出現槍砲武器，純粹談情說愛的小說。我在《圖書館內亂》裡寫到有一本叫做《雨樹之國》的書的那個橋段當時，其實我已經查詢過後天失聰和聽障者的相關問題，因為當時我的家人罹患了耳疾。雖然後來已經康復，卻也讓我無論如何都想要寫出一本以後天聽障者為主角的小說。於是也才會把這部作品的企劃案提交給以前曾經找過我的新潮社，實現了跨越出版社藩籬的故事連攜。

故事始於主角伸和瞳兩人因為十年前讀後內心大受衝擊的一本書。現實中其實在我的內心裡，也存放著一本讓我終生難忘的書，那就是笹本祐一的「妖精作戰」系列（原為Sonorama文庫／現為創元ＳＦ文庫）。總之讀到結局的時候，是一種無法按捺的震撼。記得當時甚至有朋友氣到說自己「被作者給誆了」。但是隨著時間過去，我逐漸明白：「啊，那樣的結局是一定要的。真是一部完美的作品。」這本書不但讓我第一次深刻感受到並不是所有的小說都會給人帶來好心情，也教我體認到，人生未必盡如人意。也就是說，《雨樹之國》其實也是我獻給自己在剛出道時經常說我多麼喜歡的一本小說的感謝與敬意。

伸和瞳是透過一個分享讀書心得的網站而相識，進而吸引彼此的。起初他們既未曾謀面，也不知道彼此的真實姓名。換句話說，他們對彼此的信任僅止於在電子郵件上所揭露的自己。是一種隨時可能因為任何一方的緣故而結束的關係。也正因如此，他們才會出現了一些內心的掙扎和抗拒。見面之後對方會不會不喜歡我？如果我並不是人家事前想像的樣子該怎麼辦？之類許許多多的焦慮和糾結。

另外，我也要特別感謝「全日本聽障者暨後天失聰團體聯合會」的會員願意接受採訪。

●《圖書館危機》

編輯說，《圖書館危機》是這部系列小說中最精彩的一本傑作，只是我自己並不清楚它究竟棒在哪裡。還請大家不要太過期待。我是一隻膽小會叫的瘋狗，最怕的就是壓力（笑）。何況這又不是完結篇，現在就下定論，未免太殘忍了吧！因為前一部是沒有任何戰鬥場面的靜態劇情，所以在這一本中我就為大家獻上一些重口味的，並且把焦點放在圖書隊隊長玄田和週刊「新世相」的編輯主任折口的這對搭檔身上。也許讀者會發現，郁似乎稍微長大了。還同時收錄了曾經刊登在《電擊ｈｐ》雙月刊第四十四期的〈圖書館內亂後夜祭 升遷考試來襲〉。

●《我的鯨魚男友》

這是把我過去在小說雜誌《野性時代》所發表的自衛隊戀愛短篇系列集結而成的一本書。起初我定的書名是《國防戀愛小品》，但是單行本的編輯卻說：「這樣沒看過妳的書的讀者應該就不會看了，改成《我的鯨魚男友》吧。」結果證明編輯是對的。也因為我曾經問過自衛隊參謀本部的意見，對方一聽說「我正在寫一部以自衛隊作為背景的連作短篇」後，立刻喜形於色，露出了笑容。之前他曾說過：「自衛官也會戀愛，也會結婚。請多寫一些，讓大家了解我們也有我們平凡一面的故事。」所以我想想也對，可能的話，應該讓原本對自衛隊不感興趣的人也願意讀這本書是最好不過了。

書中收錄的作品共計六篇。其中被用作書名的〈我的鯨魚男友〉和〈能幹的女友〉是《海之底》的番外篇，〈戰機駕駛員〉則是《空之中》的番外篇。特別是〈能幹的女友〉是我在寫《海之底》途中，一直很想描寫出日益幹練的小望後來變成了一個多麼讓人望之卻步、沒人敢跟她談戀愛的女孩的過程。另外一篇是描寫航空自衛隊，兩篇是陸上自衛隊。〈完工〉的靈感來自某次閒聊時聊到「把男生廁所安排在通道旁邊」的話題，〈國防戀愛〉

和〈越柵輓歌〉的靈感則都是來自陸上自衛隊裡退役游擊隊員的戀愛故事。

其中每一篇都是透過我個人的管道打聽而來，再經過正式訪談後，改寫而成的故事，我想今後還會繼續在《野性時代》刊登，不過倒是有一段軼事，我已經把它用在這次收錄的短篇裡了。話說有一次我跑去自衛隊，請大家聊聊自己的戀愛經驗，然後我發現聚集過來的隊員當中，有一位感覺防衛心特別重的男生。不管我怎麼問，他的回答總是「我還好」、「如果是要交往的話，只要漂亮有型的好女孩我都行」之類，有點閃躲的答案。看到這樣的反應，我就開始胡思亂想了。我暗自想像，他會不會是因為以前談戀愛遇過什麼挫折？這不能怪我，都是他害的（笑）。之後我就把對他的胡思亂想，加入了從其他隊員那兒聽來的故事拼湊成了〈越柵輓歌〉裡的男主角。我發現訪談的時候，男生似乎都會把自己心中溫柔的部分給隱藏起來。

所以總的來說，這是一本完全以自衛隊作為故事背景，由幾篇讀起來感覺完全不同的作品結集而成的短篇集。在我請身邊的一些人讀過以後，我驚訝地發現，每一個人最喜歡的篇章居然都不一樣。所以總之，如果讀者能以一種閱讀一部戀愛大拼盤的心情來享受這本書，就是我的榮幸了。

二〇〇六年十二月・訪談

【回顧一語】這是我在寫完「圖書館戰爭」系列之前所寫的文稿。現在讀起來感覺很新鮮，原來當時我對這部小說是這麼想的。我經常會這樣，以前自己曾說過的話，總會給現在的自己帶來某些反省。

所有作品都和現在的我緊密相連。我深深感覺，如果少了它們，我根本寫不出下一本書。

所以我很希望讀者不要說「有時間寫這種東西，不如去寫○○」「有時間做這些事，不如去寫○○」。用粗暴的語言要求人家去寫○○，只會讓人更沒有心情去寫，想放棄。作家也是人，一旦想放棄了，連我自己也拿自己沒轍。

「圖書館戰爭」系列也曾有一段時間被我收入了「再也寫不下去」的箱子裡。因為故事已經完結了，我覺得我這輩子應該不會再去寫他們的故事。可是後來在電影公司盛情難卻的催促下，我又寫了兩段極短篇。最訝異的人其實是我自己，沒想到我竟然還寫得出來。

但願那些現在還收在寫不下去箱子裡的故事，也有重見天日的一天。

◆關於《圖書館戰爭》極短篇

二〇一五年，面對即將上映的電影《圖書館戰爭2：最後任務》，我再度提筆寫下了兩段極短篇。一篇是附在LAWSON便利商店內，只有店內Loppi機台才能購買的NOLTY聯名原創記事本上的。是以「記事本」為主題的掌中小說〈那個人的筆記本〉。另一篇則是必須從貼在書店裡宣傳海報上的QR code條碼才有可能看得到。掃描條碼之後，還要答對有關《圖書館戰爭》的謎題才能真正讀到它。是一段和書店有關的原創迷你短篇隨筆。

想讓不知道的人了解

當我在採訪的時候告知對方，我計畫寫一篇主角是聽障者的故事後，對方立刻問我：「是因為未爆彈處理不慎而變成聽障的故事嗎？」也因為我向來寫的都是和自衛隊相關的小說，所以常被人誤以為是男性作家，不過不好意思，我是女生。

話說，在我的小說裡第一次出現後天聽障者角色的，是預定在九月一〇日開賣的《圖書館內亂》。那是一個和主要角色有著密切關係的配角，而且我把這個角色設定成了一個患有突發性聽損的聽障者。

要說為什麼是突發性聽損，其實是因為我的家人曾經兩度罹患突發性聽損，不過好在因為及早接受了治療，兩次都沒有失聰。

有一天，我的家人突然失去了一隻耳朵的聽覺，並且在當天就去看了耳鼻喉科。經過診斷確認是突發性聽損，因為有非常明確的治療方法，大約一個禮拜左右聽覺就恢復了正常。

記得當時我們一聽到醫生說：「出現這種症狀一定要盡快接受治療。最好能在三天內開始，要是超過兩個星期，想恢復聽力就難了。」當下被嚇出了一身冷汗。因為雖然我的家人在發現自己什麼都聽不見的時候，立刻就進了醫院，但醫生說有些病人的聽力是逐漸退化的，所以我的家人也很有可能會因為「最近我好像聽力變差了耶」，並未特別留意，而延誤了就醫的時間（附帶一提，我家人兩次的罹病經驗都是以最快的速度衝進醫院的）。

因為這樣，所以我才想盡一點心力，透過自己的書，讓人們知道「世界上存在著這樣可怕的疾病」，也所以才會在書中安排了這個角色，然後在下筆前訪查的過程中，也就順理成章地知道了諸位「後天聽障者」的存在。

於是，我開始構思一本戀愛小說，計畫把女主角設定成一個「因為會說話而不容易被人發現是聽障者的後天失聰（聽障）者。」

作為一個健聽人，以前的我對聽障幾乎一無所知，甚至到現在依然了解得非常有限。不過儘管如此，幾經訪查之後，現在的我至少比起「不知道的人」，對於諸位所身處的複雜環境有更多的認識。譬如當後方自行車的鈴聲響起，您們會因為「聽不見」而不知道閃躲，實際上許多諸如此類簡單的狀況，你們都無法留意到。

這些事情其實只需要稍微調查就能找到大量的相關書籍和資料。但是我想問題就出在，這些書籍和資料只有「想知道」的人才會去翻閱。

雖然我只是一個非常資淺的作家，不過我明白，娛樂作品最大的功能就在於「可以透過故事，把訊息傳達給未必想知道的人」。

後來，在全日本聽障者暨後天失聰團體聯合會的協助下，我們發出了問卷，也收到了非常非常用心向我吐露心聲的回音，這讓我更加想盡一點心力，把這些訊息傳遞出去的意願也變得更堅定了。

我想看在各位的眼裡，這個故事或許有些做作或者存在著若干的誤解。但是，單就「願意把訊息傳達給目前未必有興趣知道的人」的角度來看，如果您們能夠守護、陪伴著想談戀愛的他和她，就是我的福氣了。

二〇〇六年九月

【回顧一語】我之所以在《海之底》裡寫的生理用品問題也是一樣的道理。我希望男生也能了解到，當緊急事故發生時，女生擔心的事永遠比男生多一件。在阪神大地震發生時，無數的女性都在擔心生理用品的存量。因為沒有人知道狀況會持續到什麼時候……

不過，我倒是收到了一些女性讀者來信說：「刻意寫生理期的事，真的很低俗。」讓我一度感覺有些失落。

◆〈想讓不知道的人了解〉原刊登雜誌
《聽障者的明天》雜誌訂閱資訊
全日本聽障者暨後天失聰團體聯合會（日語簡稱：全難聽）
電話：03-3225-5600 傳真：03-3354-0046
電郵信箱：zennancho@zennancho.or.jp
網址：http://www.zennancho.or.jp
訂閱年費 1200 日圓 每年發行 4 期

角色小說一問一答

Q：寫小說的時候，角色對您來說的意義是什麼？

A：我習慣把自己想成是台會自己行動的攝影機，然後拍攝他們的故事。角色就是這台攝影機「想要拍攝的人」，故事則是「這些人的生命片段」。

Q：塑造角色的時候，您最在意的是什麼？

A：角色的個性。我不太會去刻意營造角色，而是讓他們自由發展，然後慢慢就會知道「喔，原來你是這樣的人」或者「這樣做很有這個人的風格」。除非已經事先設定了他的過去或某些經驗，否則我一定會慢慢意識到：「啊，這個人以前一定有過這樣的經驗。」有時候故事就是這麼自然發展出來的。我刊登在《野性時代》的〈我的鯨魚男友〉，正是這種自然發展而成的典型。

Q：您塑造角色的時候——男性 or 女性・人 or 非人——是否有著明顯的差異？如果有，又是怎麼樣的差異？

A：沒有。不論是男或女、人或非人，我都只管抱著攝影機，追著他們的「個性」跑。雖然小說一定會反應出我個人的喜好，但是拍攝的時候，我還是會想拍到我個人偏好的題材。雖然有時候也會寫到對我這種作法起拒絕反應的類型，不過我感覺那也是因為這個被拍攝者其本身性格所導致的。

Q：在您到目前為止的作品中，最讓您得意，覺得「如我所願」的人物是哪一位？

A：基本上我都是任由他們自由發展的，所以並不存在「如我所願」這樣的想法。不過倒是有些人物的想法和我非常貼近。

和我想法最貼近的，我想應該是《空之中》裡的春名高巳。感覺就像一面跟他商量「那你覺得現在該怎麼辦？」一面發展著劇情一樣。他會不斷向我使眼色，有點像是整篇故事的劇情指導。

Q：您是否有遭遇過故事中的人物「不顧作者的想法任意行動」的經驗？

A：就我剛才說過的理由，這種經驗多得數不清。因為我一直都是個會告訴大家「你們如果想得到幸福，那就各自努力吧」的作者。到目前為止最任性的人物，我想是《鹽之街》裡的入江慎吾。幾天前，我才寫完了一段以他作為主角的番外篇，困難度之高簡直前所未見。他的個性早就已經確定了，但是我還是不懂他為什麼會想那樣做。不過當我發現這一點的時候，就不會再緊抓著他的個性不放了。所以後來就算我無法理解他的行動，也還是任著他自行決定。也因為這樣，其實我蠻怕他的。

Q：麻煩請描述一下您對「萌化」的定義。還有，在您個人的經驗中，最「萌化」的角色小說是哪一本？

A：狀況＋和其他人物的關係＋特殊的符號或屬性＝萌化？（幹嘛加上問號）

就「萌化」的「發源點」來說，影響我最深的，是源自於漫畫《空戰88區》（新谷薰／小學館）的戰機萌。那是一種由戰機和飛行員彼此搭配所共同建立的符號，現在回想，還真是蠻值得玩味的。

Q：在其他的作品當中，是否也有讓您立刻聯想到的人物角色？

A：電影《卡美拉2——雷基翁來襲》會立刻讓我聯想到自衛隊。不是指某一個個人，而是整體的形象。他們的敵人是一種叫做「雷基翁」的群體怪獸，這樣的搭配我覺得非常有意思。

Q：請從您自己的角色小說中選出一本您個人的推薦。也請說明您推薦的理由。

A：如果是已經出版的，我想應該是最新的《海之底》吧。裡頭有將近二十個主要的故事人物，是我在完全沒有任何事前設定下即興產生的。其實是因為我是那種不習慣事前決定故事大綱的即興演出型作家，所以也只能如此，不過大家不妨可以透過這本書，看看一個即興演出型的作家，一次挑戰同時處理這麼多人的結果。

二〇〇五年十二月

【回顧一語】 如果是現在說明的話，我還會提到戲劇中的即興表演（即興劇）。感覺就像利用透過故事人物在我腦海裡表演著各種狀況的即興劇，來掌握他們的性格。

新井素子在她的著作《……絕句》（早川文庫）中也提到過，她的創作方式也是這個樣子的。過去曾經說過「我要成為另一個素子姊姊！」而立志成為小說家的我，創作角色的手法可能也受到了素子的影響。

這一本我最愛！

書店就是主題樂園

企劃案的名字叫做「幻想書店」。企劃需要概念。請稍等（運算中）……好，完成。本次的「幻想書店」將以「書店＝主題樂園」作為基本的概念。

逛書店找書，開心。

找到了想買的書，更開心。

回到家猛K買來的書，更更開心。

一言以蔽之，書店就是一個一次消費三種享受，物廉價美的主題樂園。知名的主題樂園一張One Day Pass少說要價五千日圓。凡事試了才知道，請帶著這五千日圓進入我們化身主題樂園的書店試試吧！

書店的娛樂消費簡直是佛心來的。首先入場完全免費。然後五千日圓可以買到三～四本單行本，要是文庫本或漫畫書，十本給你帶回家。而且娛樂的效果回到家還可以繼續！開開心心鑽進被窩，躺在床上也能讀。累了隨時可以叫停，先睡個午覺也ＯＫ！你可能覺得我好像揭發了你慵懶成性的閱讀習慣，放心吧，沒有人會在意的。

書店還有另一個名字，回家爽爽讀主題樂園！見過這種可以把遊樂設施帶回家的主題樂園嗎？應該只有錄影帶出租店勉強比得上吧！

而且只要買了書，遊樂設施就是屬於你的。愛什麼時候玩，在哪裡玩，想玩幾次，統統隨便你！還不快把這個超強的書店主題樂園概念宣傳出去！

然後呢，這座主題樂園也是娛樂的天堂。那裡的遊樂設施是全方位的，從最熱門的到不玩等於白來的一個也不少。登上最新超大型的雲霄飛車，任它把你轉個夠吧！若是情侶同行，坐上情侶必玩的咖啡杯，跟著甜甜蜜蜜地轉呀轉吧！杯子的高速旋轉競賽，當然也不可少。要不要順便也去鬼屋和迷宮試試身手呢？

總之，以下所介紹的就是本次「幻想書店」裡各式各樣的遊樂設施。如果你能親自走進真實的書店，還有更多不一樣的遊樂設施等著你喔。

●《暴風雨》（池上永一／角川文庫）

來自琉球王朝的無視規則大河雲霄飛車。有著與其外觀相符的超級魄力。才色兼備的男裝美少女，她的命運如何，且待買了以後跟你說。

●《贈禮》（暫譯，ギフト，日明恩／雙葉文庫）

一個看得見鬼魂的少年和一個內心曾經受過傷害的男子，發生在社會邊緣的驚悚故事。驚悚卻寫實，寫實卻又驚悚。妙趣橫生、保證滿足你的好奇心。

●《這一生，至少當一次傻瓜－木村阿公的奇蹟蘋果》（石川拓治／幻冬舍文庫）

真實故事決定版。人家說絕不可能辦到的完全無農藥蘋果，真的種得出來嗎？一本可以靜靜領悟人類潛能的好書。

●《昨日世界》（暫譯，きのうの世界，恩田陸／講談社文庫）

第一次讀會覺得「？？？」。第二次讀則是會「啊——」的一本書。讓人感覺就像走入了一幢超大的迷宮或超大的鏡屋。讓我的五官醉到不省人事。

●《仁淀川漁夫祕傳　宮崎彌太郎講古》（暫譯，仁淀川漁師祕伝弥太さん自慢ばなし，宮崎弥太郎／小學館）

可不是一本單純的戶外休閒書，而是一本讀完會在你心中生起「故鄉」滋味的書。

二〇〇八年十二月

【回顧一語】 我從不覺得這個企劃脫離現實。為了增加遊樂設施，身為一介作家的我還會繼續發奮努力。

現在的大人是曾經的孩子

妳是誰？為什麼會出現在這裡？

我猜會這麼想的讀者應該不少吧。不過請放心，我的感覺跟你一樣。

就寫作的類型來說，我是個專寫所謂「輕小說」的資淺小咖，搖筆桿的。

我想為不知道這種小說類型的讀者，稍作一點說明。簡單來說，輕小說基本上就是針對少男少女寫的，內容易讀易懂的一種小說的統稱。或許可以這樣說吧，它的特徵是封面和插圖大多採用漫畫的風格，角色的設定也極具漫畫風格，而且尤其重視少男少女的接受度。

然後這種所謂的輕小說，發展初期的作品來自於一個叫做朝日Sonorama文庫的書系。由於這家朝日Sonorama出版社隸屬於朝日新聞社，所以和他們旗下的季刊「小說tripper」自然也脫離不了關係。好，這就是我為何會在這裡的原因了！

順利說明完了，接下來如果要說對我最具有紀念意義的一本書，畢竟我是個輕小說作家，那無疑就是Sonorama文庫裡的那本《妖精作戰》（笹本祐一）了。

回顧十五年到二十年前，這本輕小說不但成功地擄獲當年少男少女的心，也是讓我立志成為輕小說作家最關鍵的一本書。

不過關於這本書的好，現在恐怕很難說得清楚。因為不論怎麼看，它的內容都是胡扯一通。一大群同學為了救出被某個神祕組織綁架的美少女轉學生，他們在大街上展開了機車追逐，又進入了潛艦，奪下了直升機，甚至還搭上了太空梭，去了月球一趟，如果剔除掉這段大致的經過，它就好比雲霄飛車一樣，想吐嘈都不知道該從哪裡吐起。你們每個人都是詹姆士龐德嗎？你們應該只是群高中生吧！

我非常能夠理解現在已經長大成人的諸位想要吐嘈的心情。然而對於當年的我們來說，這樣的內容可是超好看的。

現在回想起來，這本書根本準確擊中了高中生內心中的嚮往。當年我們都是嚮往著自己也能像電影裡的英雄那樣無所不能的高中生。不過我想在當時我們的感覺裡，書中荒謬的對話和行為說的其實都是我們自己，而書中的劇情則是我們這群當年的孩子們心底最真實的奇幻世界。

雖然我們必須遵守校規、用功學習，但是這本書讓我們發現，其實我們也可以經歷那樣帥酷的冒險；雖然我們每天過著無法隨心所欲的灰色日子，但是這本書告訴我們，只要有機會，我們也可以那樣地自由奔放。

對於當年的我們來說，所謂的「真實」指的並不是狀況。我們才不管故事裡的他們是否奪下了太空梭，是否飛上了月球，是否碰到了超能力者，是否遇見了外星人，我們在乎的只是，在這些狀況當中，存在著一群「和我們一樣」的傢伙。

重要的是，那裡是否存在著激起我們共鳴的角色。正因為這是我們對「真實」的唯一判斷基準，所以那些傢伙所痛快經歷的冒險故事中，趣味就代表了一切。

單純嗎？鬼扯嗎？荒謬嗎？我們才管不了那麼多。只要好看就行。大人說好看的書都無聊得要死，無聊的東西才叫鬼扯！

不只是輕小說，漫畫、動畫也是，只要所有大人覺得是鬼扯的事物，當年的我們一概都會這麼回答的。我們不了解，也不想了解大人讀的書究竟哪裡好看，甚至從來沒有想過我們總有一天會了解那些書好看在哪裡。

然而十五年後的今天，長大成人的我已經了解了「大人讀的書」為何好看了。可是我並不是因為覺得「輕小說既荒謬又鬼扯」才了解了大人書籍的好看之處。

現在的我還是覺得輕小說很好看。只是同時也了解了「大人的書也很好看」這一點。因為要是我覺得輕小說很難看，我絕不可能成為一個輕小說作家。

不過，長大以後的我和輕小說的關係出現了一點改變。我說過，輕小說基本上是針對少男少女所寫的，可是現在的我已經不再是個少女了。那怎麼辦呢？《妖精作戰》裡面的超人高中生已經「很難」再讓我產生移情作用了。

並不是無法移情，絕對不是。而是一種新的慾望浮現出來了：可我還是會想讀一些描寫「成人帥酷」的輕小說呀。因為現在我已經是個成年人了。

我覺得未來想看「成人帥酷的輕小說」的人應該會愈來愈多。因為既然輕小說可以被孩子們接受，那就表示接受輕小說的大人一定也會日漸增加。就我個人的看法，我們這個年代出生的人，是輕小說早期的世代。雖然比最早期還要晚那麼一點點。

總而言之，因為以上的想法，作為一個曾經愛看輕小說的孩子，我現在想寫的正是「成人帥酷輕小說式的故事」。

如果可能的話，諸位要不要也來體驗一下我所大膽預言的，需求量將日漸增加的「成人輕小說」呢？因為其實，大人讀了也會覺得開心的輕小說，早就已經出版很多很多了。

二〇〇五年三月

【回顧一語】直到現在，我還是會想告訴知道「輕小說」這個名詞的人，我是個輕小說作家。儘管直到現在我還是得為了說明輕小說這個詞不厭其煩地話說從頭，仍舊不那麼盡如人意……但是，那終究改變不了輕小說讓我成為作家的事實。

「不要寫」讀書心得的好書推薦

炎炎夏日。大人們正精疲力盡、叫苦連天，孩子們卻生龍活虎地在烈日當頭的大街上昂首闊步。這是暑假特有的光景。

話說，暑假作業少不了的就是寫讀書心得，不過今天我要介紹和推薦的這本書，卻是一本要你「不要寫」讀書心得的好書。在很多地方我都一再重申，我是個讀書心得廢止論者。我堅決相信，把閱讀視為一種義務，要求寫讀書心得的行為正是促成孩子們遠離文字的元兇（其實豈止是義務，如果本來就是不擅長寫作文或閱讀的人，那根本等於是強逼他們去做苦工）。NO MORE讀書心得。還我閱讀的自由！

因為我一點也不想讓閱讀的樂趣被蒙上一層叫做寫讀書心得的陰影，所以我希望讀者不要把這本書拿去寫讀書心得。也因此，我推薦這本書的對象，不是「為了交作業而非讀不可」的人，而是純粹想讀這本書的讀者。

這本書叫做《天地明察》（冲方丁／角川文庫）。我的心得是：「天啊，完敗！」就這樣。當一個作家遇到一本好看到簡直讓他無地自容的書時，他的心情絕不會是「這本書超好看的」，而是「悔恨」、「嫉妒」，或者心中不由得生起了一陣戒慎恐懼的感覺。對我來說，《天地明察》正是一本近幾年來最讓我感覺「真是有夠不甘心的啦！」的小說。

要說我為什麼會覺得不甘心，那就是這本《天地明察》裡頭居然全是用我從來不感興趣的元素構成的。那就是「數學」和「曆法」。主角是生在江戶時代，愛下圍棋的數學家澀川春海。內容則描述了他發揮個人的數學專長，制訂出日本專屬曆法的畢生經歷。

我對數學和曆法完全沒有半點興趣，更缺乏史學的素養，所以過去從沒聽說過主角澀川春海這號人物。一位不知名的歷史人物，埋首於數學，制訂曆法。我興趣缺缺的元素全到齊了。更糟糕的是，我打開書本，竟然一氣呵成，從頭讀到尾。我目不轉睛地把澀川春海的一生縱覽了一遍。明明毫無興趣，我卻被吸引得不能自己。

這本書最了不起的地方在於，作者顯然全盤研究過江戶的數學和曆法，可是他卻選擇了一種讓讀者無需勉強了解的寫作手法。自己研究過的東西，當然會想把它們披露出來，但是作者卻毅然決然地割捨了它們。他如實地整理了專業的知識，卻讓不感興趣的讀者也能「在閱讀的過程中，自然地吸收閱讀故事時所需要的資訊」。

然後是會留在讀者記憶之中，那些作者筆下鮮活又極具魅力的人物描寫。連對他的主題沒有半點興趣的讀者也會揮之不去，被其深深吸引住目光，隨著這些充滿魅力的人物角色的故事四處奔馳。

讀完之後，建議讀者不要想「我得拿出稿紙，寫個〇張讀書心得」，而要試著沉浸在故事的餘韻裡，感受一下它的「好看！」

所以我才說，這是一本要你「不要寫」讀書心得的好書。

二〇一〇年八月

【回顧一語】讀書心得就讓真正「想寫」的孩子去寫吧！這是我站在書商立場的懇切請求。對不愛寫作文的人來說，那真的是太強人所難了。

讀來美味的好書

食慾、運動、藝術、郊遊，還有讀書。

今年的秋天，你過了一個怎麼樣的秋呢？

這個連載，我必須配合最適合讀書的秋天，向讀者推薦應景的好書，可是羅列在前面開頭的第一個名詞，它顯然已經背叛了我的工作。因為不久之前我才聽說，本來因為魚貨量不佳而漲價的秋刀魚，如今價格已經恢復了平穩，而值此秋冬之交，又正好是食物愈看愈好吃的時節。

然而，我如今已經到了只要任由本能驅使，放任食慾，就得擔心中性脂肪或膽固醇肆虐的年紀了。人一旦步入了中年，不只肥肉變得明顯，更直接關係到個人的壽命，這可是非常切身的現實問題。

這時候，控制突如其來的食慾最有效的方法，其實就是讀書。

譬如在睡前，當我生起了肚子有點餓，該吃什麼好呢？的念頭時，我會閱讀的書就是

《彈塗魚的雜食日記》（暫譯，ムツゴロウの雜食日記，畑正憲／文春文庫）。

據說作者畑先生原本想把書名訂為《美食日記》，編輯卻以：「畑先生愛吃的都是一些稀奇古怪的東西，怎麼可能叫做美食？」的理由加以反對，於是才改成了《雜食日記》。

就結果來看，這位編輯可以說是相當高瞻遠矚。因為第三篇作者吃的是青蛙。不過這隻青蛙一旦經過了畑先生的回春妙手，看起來還真是蠻好吃的。

其他還有蛇呀老鼠，更奇特的是蝙蝠和曼波魚——而且書上還說連它們的便便都「超好吃的」。然後，我還真的也相信了，覺得「好像真的很好吃」。

不過儘管覺得好像很好吃，蝙蝠和曼波魚畢竟不是能從一般老百姓家裡翻得出來的。可是讀完之後，肚子就是有種想吃「蝙蝠（包括蝙蝠便便）」或「曼波魚（包括曼波魚便便）」的感覺，所以家裡庫存的泡麵再也滿足不了我，我也因此逃過了一次宵夜的誘惑。

另外，向田邦子的隨筆也不錯。因為文中隨處可見美味的佳餚，只不過大半都是向田女士憑著個人的口感，烹炮出來的舉世無雙之作，要不就是存放在她兒時記憶中的美食。但是讀完以後，肚子還是會想來點「剛煮好的白飯，配上用火烘烤過的海苔，再加點醬油，撒上一撮柴魚片的海苔便當」，壓根不是什麼小零嘴所能夠取而代之的。然而想要作出同樣的東西時，被文章所喚醒的食慾卻難以容忍保溫過的白飯，只能從洗米開始一步一步來，沒辦法，還是放棄去睡覺好了——結果就是這樣。

在這個隨時可能敗給突如其來食慾的季節，何不也去找幾本「讀來美味的好書」呢？不論讀得多麼滿腹經綸，一公克的贅肉也不會增加。而且這些書還能讓你美味地品嚐一輩子，所以我鄭重推薦。

二〇一〇年十一月

【回顧一語】這是我個人覺得把食物描寫得最好吃的兩位作家。每當我要描述食物的時候，總會想起他們。

「烹炮」是我從向田女士的隨筆中學來的。字典上也查得到。曾經有人說我是不是打錯字了，他從來沒聽過這種說法，其實我之所以會用它，是因為不想讓我自己喜歡的字從此失傳。

咻啦啦砰，這什麼跟什麼嘛！

我每次都被這個男的給耍了。這一回也是。

咻啦啦砰，這什麼跟什麼嘛！心裡一邊這麼碎唸著，結果還是在首賣當天就買了。

其實，他打從《鴨川荷爾摩》就一直是這副德行。荷爾摩，這什麼跟什麼嘛，荷爾蒙的親戚嗎？可一旦開讀了，走的就是一路讀到底的路線。

在我剛聽到《偉大的咻啦啦砰》這本新書的書名時，就當面問過他本人：「我說咻啦啦砰究竟是從你腦袋瓜的哪一區冒出來的呀？」

得到的答覆是：「咻啦啦砰就咻啦啦砰囉。」

就說我討厭天才型的作家嘛。沒事都能想出幾個教人忍不住問「蛤，那是啥？」的怪名詞，然後換來的總是這句：「人家就想到了咩。」

總之，萬城目學的天花亂墜功力我是又愛怨又愛看的。作家的工作多多少少都得天花亂墜一番，可是萬城目學他天花亂墜的強度卻是獨樹一格。

通常，作家在天花亂墜的時候為了讓事情聽起來像真的一樣，總得添加一些細節。但是萬城目學因為實在太過於異想天開，想添加現實的細節也無從添起。

然而，他寫的小說卻從不漫無邊際。不論是「荷爾摩」還是「咻啦啦砰」，他從不輕易帶過，總能給人感覺那些就像真實存在的一樣。這就是他作品最教人驚艷的部分。

在萬城目學天花亂墜之下完成的荒唐故事裡，永遠是以「真實」作為前提的。當他寫說「有一種比賽叫做荷爾摩」時，就表示書中的故事裡，毫無疑問的，荷爾摩就是存在；當他寫說「鹿會說話」，鹿就是會說話。絕不會留下給你問「為什麼」的餘地。

只要他形諸於文字，一個世界就在那裡，完全無需任何現實的證據。就這個層面來講，萬城目學可以說是一個文字世界的鍊金術士。讀者會為了一窺那僅此一家別無分號的魔法，而追逐他的作品。我也是其中的一個。

在他的魔法所創造出來的「世界」裡，必定存在著幾個可愛的人物。這也是讓人離不開他的魔法的主要原因之一。這回的主角是一群天生擁有琵琶湖神祕力量，號稱「湖民」的孩子們。主角涼介是個我們無從得知他為什麼會穿著大紅色的制服，過著高中生的生活，而且身陷迷惘之中的人。以及他的堂哥、堂姊，現代主公淡十郎和最強蘭居族高人清子。然後還出現了他們無法輕忽，超能力對戰故事中少不了的宿命死對頭。

這群擁有神祕力量的孩子們，命運將會如何呢？——光是寫這一句就夠給力的了，不過那股力量就叫「咻啦啦砰」，依舊是徹徹底底教人虛脫無力和難以理解的。《偉大的咻啦啦砰》究竟怎麼個偉大法哪？請親自一探究竟。特別是從未經驗過萬城目學功力的讀者，我保證你會拍案叫絕：「原來這就是萬城目學呀！」

二〇一一年七月

【回顧一語】我真的覺得他是個天才。尤其當他盡情天花亂墜的時候最天才。

普遍的娛樂之源「便當」

伴隨著滿心的歡喜，我把它拿在手裡，心裡想，這本《幸福便當時間》（暫譯，おべんとうの時間，攝影 阿部了、文字 阿部直美／木樂舍）終於集結成書了啊。

雖然我住在關西，然而出版社卻幾乎都在東京。因此，我經常為著各種事情出差到東京去。為了節省交通時間，我有很多搭乘飛機的機會。因為我一向支持國產的三菱噴射客機（Mitsubishi Regional Jet／MRJ），所以也向來偏好搭乘在很早以前就宣布說會購買MRJ的ANA。

每次搭乘ANA的時候，總會看到他們的機上雜誌《翼之王國》。其中尤其讓我期待的連載正是〈幸福便當時間〉。不過，第一次看到這個專欄，我心裡的念頭卻是，這有什麼好寫的！

這個專欄每一篇都是一整頁的全彩頁面，沒頭沒尾地刊出一張便當的照片。而且，並不是高級餐館的賞花便當或松花堂便當，而是家裡老婆、老媽作的那種非常普通的「家常便當」。

接著，是便當主人的直擊相片。還有，對主人的採訪文。主人是來自各行各業的普通老百姓，而不是什麼特別的社會名流。

文中只是平平淡淡地採訪和介紹著一個普通人家的便當。可是相當我了解了他們寫這個專欄的概念之後，卻覺得「他們的想法還挺有趣的呢！」

以前大家拎著便當去學校的時期，應該沒有人不會想去看一看同學的便當吧。同時，也應該不會有誰不在意同學是否看到自己漂亮的便當吧。在向田邦子的隨筆裡也曾寫過，這種對於便當的好奇和悲喜交集的心情。可見便當真的是我們日本人最普遍的娛樂之源。

一些菜色繁多、精心製作的便當，不知道是否因為要拍照的關係，所以製作者卯足了勁，或者是因為幫小孩做角色造型便當剩下的材料很多的關係。有時候則正好相反，是那種什麼菜都全部往裡頭塞的率性便當。這類便當，大多都是便當主人自己給自己做的。

不管哪種便當我都覺得很好。無論是精心製作的，還是簡單樸素的，在在都暖暖地透露著製作者的心思。對「食用者」的採訪也非常精彩。他們對於便當的記憶同樣充滿了暖意。每一個吃便當的人都道出了他們對於製作者的感謝與愛情。這些話，我猜想他們八成是不會當面說出口的吧。

透過便當，可以品嘗到人的內心深處。那種溫暖的滋味令人歡喜，所以一拿到這本書，我就忍不住嘩啦嘩啦地來回翻閱。每一篇都是視覺的饗宴。

儘管我因為忙於工作而經常外食或吃便利商店的東西，但是這些文字總會讓我想來自己作頓飯。直到現在也是。今天就來學它作一道紅蘿蔔的「魚子涼拌」好了。

二〇一一年十月

【回顧一語】ＭＲＪ終於試飛成功了（二〇一五年十一月）。好想在ＭＲＪ上讀到機上雜誌裡的〈幸福便當時間〉。

一本冷靜看待戰爭的戰爭小說

不好意思，我對戰爭小說實在所知有限。

因為要想了解昔日曾經發生過的戰役，必須對當時的歷史具備相當的認知，而我卻是個非常欠缺史學素養的人。

高中時所教的近代史，都是在畢業在即的歷史課上被草草帶過的。所以儘管第二次世界大戰是最接近現在的一段戰爭史，我們對它卻幾乎都是一知半解的。也所以，像我這種學藝不精的人，壓根就對這段歷史說不出什麼話來。

因此，當我拿到這本《綏靖》（暫譯，ニンジアンエ，古處誠二／集英社）的時候，會不禁懷疑我看得懂嗎？不過，這顯然我是想太多了。

這是個非常單純的故事。雖然是一本戰爭小說，卻連個戰爭的場面也沒出現。作者只是用著平實的筆調，記錄著當時的狀況。然而我卻一口氣把它給看完了。

沒出現戰爭的場面，是因為作者選擇的主題是「綏靖」（原文書名用的是緬甸語）。我翻出手邊的辭典查了一下，上頭說是「告知佔領區人民本國政府的政策，以便安定人心」的意思。簡單說，就是佔領軍的政令宣導。

故事敘述一位新聞記者一路跟著緬甸戰線的綏靖班隨軍採訪。看得出來，這位記者對自己被分派到綏靖班有著滿腹的委屈。因為他覺得報導轟轟烈烈的前線戰事才是身為一個記者該做的事情。

浩大的戰爭場面的確很容易寫成故事。然而，戰爭真正面貌卻不在此。因為戰爭的「成果」還牽涉到勝利之後，是否能讓當地的居民接受自己的問題。

我不會想去追究這場由日本發動的戰爭的是非對錯。用現在的價值觀去看待第二次世界大戰當時的價值觀，無疑是荒謬的。拿現在的標準去衡量當年認為殖民政策是理所當然的時代，只會歪曲了史實。如果真要把第二次世界大戰判定為日本的侵略行為，那就得先從近代西歐諸國的殖民政策開始興師問罪才對。被迫陷入烽火的國家當然很難原諒曾經蹂躪過他們的國家。但是要知道，世上從來沒有一個國家背後不存在著某些闇黑的歷史。

古處誠二不談戰爭的是非。只是平鋪直述地描寫著那些參與戰爭的人們。只是提供了一個客觀的角度和線索，讓生在戰爭記憶早已遠去的現代，後世的我們，去認識戰爭本身。讓我們了解到，極端的自虐史觀或極端的自由主義史觀，都可能落入另一場以戰爭作為外交手段的陷阱。絕不可以忘記，當我們窺探深淵的時候，深淵也正窺視著我們。

作者古處誠二本人是從未經歷過戰爭的世代。而讀者應該同樣也是從未經歷過戰爭的世代。古處誠二表達了這個世代對於戰爭的觀點。而綏靖正是用來思考戰爭本質的絕佳題材。即便我是如此的無知，讀完之後，卻感覺自己似乎已然觸碰到了戰爭的難解與無奈。

從未經歷過戰爭的我們能夠擁有這樣一位冷靜看待戰爭的戰爭小說作家，面對日本的未來，我想應該是我們的福氣吧。

二〇一二年二月

【回顧一語】古處誠二在戰爭文學方面的成就，正面的評價似乎不多。如果大家以為戰後出生的人不可能描寫戰爭，我想日本的戰爭文學遲早是會滅絕的。

擁有特殊知名度的新人作家

書腰上頭的推薦文寫著「瞬間突破一〇萬本！」

要是上頭寫著「一〇〇萬本」，我想我應該不會理它。但是，作為一本新人作家的出道作品，一〇萬這個數字雖不容易，卻也不無可能。

我現在所說的是《紅的告別式Pink and Gray》（加藤成亮／角川書店）這本書。作者是傑尼斯事務所的現役偶像明星。

很多人一定會想，不過就是本藝人書嘛！我也曾這樣想過。不過，當我跟著流行，跑到新宿的書店想買它一本來瞧瞧時，卻撲了個空。

原本我想這本書八成會仗著作者是藝人的招牌，採取書山策略，排滿書店，可是沒想到，這本書走的竟是「正常的」管道。它的確被視為一本話題書，卻並沒有因此而佔據兩三面書架，不擇手段地把現有的作家給擠到一旁。甚至因為湊巧剛過了新書上架的期限，害我花了點時間才好不容易找到它。

我看到海報上說，本店販售作者親筆簽名書。我又猜想，這八成是傑尼斯事務所為了促銷而派員四處分送的，結果店員說是作者本人跑來簽的。跑書店可是作家最基本而且實在的業務行為。

這時候我突然改變了自己對這本藝人書的看法。作者非但沒有藉著傑尼斯的招牌攻佔書架，甚至還老老實實地跑書店，完全是以新人作家的身分，遵循著出版社的常規在做事情。顯然我不該把它和那些仗著藝人的名聲，印製幾乎不可能賣掉的龐大數量，利用非得買進話題書不可的書店弱點，利用他們的買斷或者責任販賣制（一種退書會造成損失的制度），藉以名利雙收的書籍相提並論。

所以閱讀的時候，我把它視為一本擁有特殊知名度的新人作家的作品。結論是，寫作的技巧雖然不盡成熟，但是確實有它的亮點。

作者的文筆具有特殊的風格。偶而還會出現一些獨特的表達方式。並不是說他的手法粗糙，而是說，他已經具備了作家該有的文字性格。或者說，擁有特殊的風格本身，就表示他是個「能寫」的人，也是個「愛寫」的人。

最重要的是他具備了描寫角色的能力。雖然描寫的是演藝圈這個特殊圈子，但是當中的人物擁有足以讓讀者移情的體溫。

我想他應該是個能夠寫出我寫不出來的人物的人。每當我讀到擁有個人的世界和個人色彩的同業作品時，總會自然地這麼想。接下來就看他是否寫得出第二本了。畢竟出版一本出道作品後隨即就此銷聲匿跡的新人實在太多太多了。雖然我感覺這位作者應該還有些想寫的故事。

從第二本開始，他的藝人頭銜應該會變成他的障礙吧。一定很難避免讀者不帶著「不過就是偶像藝人在玩票」的有色眼光去看他。

他必須穩定地發表作品，才可能擺脫這種有色的眼光。如果真的辦到了，我會為他高興。究竟這位擁有特殊知名度的新人作家的未來會如何呢？請靜待他的新作。

二〇一二年五月

【回顧一語】後來，轉眼之間他不但擺脫了讀者的有色眼光，現在已經出版到第四本書，是個貨真價實的作家。

一本關懷不會說話的牠們的書

三一一以後過了一整年，似乎愈來愈多人又開始關心起東北的災區了。

當初我還擔心媒體過度的報導，會不會讓東日本大地震提早被人們遺忘，所幸後來有人開始定期追蹤災區的狀況。

在受害的地區當中，尤其以福島最為嚴重。眾所周知，當地不僅因為地震受災，還因為至今依舊持續的核電廠災變，有一部分居民仍舊遭受著輿論的批評所苦。

所以，今天我想介紹的是和福島災區內不會說話的災民有關的書。

首先是《走，我們一起去！福島核電半徑二十公里內的寵物救難》（暫譯，おいで、一緒に行こう—福島原発20キロ圏内のペットレスキュー—，森繪都／文藝春秋）。這是一本跟著救難隊，前往救援滯留在核電廠半徑二十公里、突然被政府宣布為強制疏散區內的寵物，並記錄下來的紀實小說。

當我讀到第一章的標題，當下感覺就像當頭棒喝。「我們並不認為這麼做是對的」——

這短短的一句話，已然道出了相關人員心裡的覺悟。

核電廠半徑二十公里內是禁止進入的核災警戒區。為了救出滯留在裡頭的寵物，救難隊必須突破政府的封鎖，才有可能深入警戒區內。要說合法或非法，不用說，當然是非法的。因此也自然引起了一些「合理的」撻伐之聲：不過就是群動物而已嘛！

然而，相關人員早已對自己的行為作好了心理準備。「我們並不認為這麼做是對的」——這句話等於說明了他們的心意已決，「就算不對，我們仍舊非做不可」。

半徑二十公里的警戒區，是突然發佈，即刻封鎖的。當時被疏散到臨時收容所的災民們幾乎都相信，不久之後就能回去，不然應該至少可以再回去救出他們的寵物。他們之所以接受了疏散的指令，只因為當時他們認為，不可以因為自己而給臨時收容所造成麻煩。面對這群懂得為他人著想的同胞，如果我們還堅持奪走他們救援滯留在封鎖線內的心愛寵物，那也未免太不近人情了。

讀完這本以「我們並不認為這麼做是對的」表達決心的書，我想每一個人都有自己的感想吧。身為讀者之一的我，感想是「就算不對，我也願意支持他們」。

另外，還有一本是從不會說話的動物的角度，描寫地震受災情形的書。《三一一日本大地震迷路小狗要回家 洛克與馬克》（成行和加子／角川翼文庫）。書中由兩隻因為災害而與家人分離的狗兒，訴說著牠們的親身經歷。因為牠們不會說話，名字是在獲救之後重新取的。牠們是否能夠找回主人給牠們取的名字呢？書中介紹了好幾個奇蹟。然而能夠經歷這樣奇蹟的狗兒，恐怕只是受害寵物中的極少數。儘管如此，我相信讀者一定會因為這些有幸遇見奇蹟的動物其頑強的生命力，和牠們對於自己的家人深厚的感情而感動不已。

即便一個也好，但願這兩本書能夠多增加一些關心不會說話的牠們未來的人。

二〇一二年八月

【回顧一語】說再多次也不為過。就算不對，我也願意支持他們。

匿名的毛毯

「躲藏在網路之中的匿名信仰，就像一張不論我對人說了什麼，都能溫柔地保護著我的毛毯。因此，或許我們可以說，網路比其他任何一種溝通管道，更可能違反言論自由，正在道德的層面上褻瀆著言論自由的基本精神。」——看到這段序言，當下我就決定把它買下了。《謎網》（Roadside Crosses，傑佛瑞・迪佛／文春文庫。※中文版中並未收錄此篇作者序）。

很多作家一定對這段序言感同身受。身處在網路社會的現代，說自己是個作家，等於也表明了自己的人性、能力、感受正在遭受一群陌生人的否定，和他們持續不斷的惡意攻擊。我就認識幾位因為看到網路上對自己作品的嚴厲批判而傷透了心的作家。有些作家甚至因為出道作品遭人撻伐而心生畏懼，心力交瘁到好長一段時間寫不出下一本書。

也許寫出這類批判文字的人會說，「是你自己要看的」。可是擺在我們眼前的，是一個連結世界的箱子，可以輕易地透過它搜尋出人們對我們作品的感想，如果你是一個作家，你有辦法不去看嗎？有些作家確實說過他們「不會去看」，不過其中包含了許多其實是「因為看了會受傷所以當作做沒看見」的人在。

最讓我印象深刻的是，有一位曾經表明自己「從來不看網路留言」的作家，有一天他卻後悔地說：「我本來決定死也不看的，可是因為種種原因，一時心軟，就去看了。」換句話說，要人忍住「不去看」別人對自己作品的感想，需要何等強韌的精神力。可是，當場我一點也不想對他說：「都怪你自己心軟，這叫自作自受。」

惡意也是一種表達的形式。你確實有說人壞話的自由。問題是，自由伴隨著責任。既然要說人壞話，自己就該要有傷害他人的覺悟。連這點覺悟也沒有，只是任憑自己享受著中傷他人的暴力，就是「匿名的毛毯」。

語言成了一只凶器。傑佛瑞．迪佛描寫的正是網路社會這種以匿名的方式，拿著凶器戳傷他人的可怕。他不但指出了網路是一種可以輕易而且安全地表達惡意的工具，也暗示了任何人都可能做出這種安全表達惡意的行為。

然而儘管如此，傑佛瑞．迪佛並未否定網路。他也持平地表示，網路同時也可能是個好用的工具。

至於我個人，儘管我也正遭受著排山倒海的惡意攻擊，但是即使如此，我也無意否定網路。因為，就算幾乎會讓我想上吊尋短的那些對我的撻伐，往往是排山倒海的匿名惡意，拯救我的也總是排山倒海的匿名善意。

工具本身沒有善惡之分，拿捏取捨全憑使用工具的自己。語言也是如此。哪怕你披上了匿名的毛毯，我仍舊寧願相信，人是不可能終其一生都沉溺在惡意之中的。

二〇一二年十一月

【回顧一語】也為了免於貶低了網路工具的價值，我認為大家應該留意躲藏在「有名稅」這個名詞背後的非理性暴力。語言可以是利器，也可以是凶器。

勾起「輕輕共鳴」的驚世才華

它的人氣並不是那種爆炸式的沸騰。

可是，每當我想起它時卻理所當然似地可以隨處找到它。而且，閱讀的時候心裡總會掀起陣陣的共鳴，發出「對呀對呀」的會心一笑。所有的梗都似曾相識，但是它的呈現方式卻必定經過了一番巧思。

那就是早已在——四格漫畫這個偉大的表現形式——穩穩佔有一席之地的《ＯＬ進化論》（秋月理翠／講談社）。

作者在這套漫畫裡不動聲色地安排了幾個固定的人物，可是她從不會特別偏袒誰，只是從容地任由他們發展出會讓小市民產生共鳴的梗。不至於爆笑，卻也絕不至於讓人不快，他們只會輕輕地引起你的共鳴，逗著讀者開心地發出「嗯，對呀對呀」或者「原來如此！」的反應。

那是一種像在聽著幾個說不上是朋友又「印象還不錯」的人在哪兒七嘴八舌的氣氛——

大概是這種感覺吧。偶而就算冒出幾個發牢騷似的小梗，你也無需盡責地認真去聽，只要點個頭表示「我懂你意思」，輕鬆地跟他們達成同感就行了。這套書要帶給讀者的正是這種無需負責的「聊天」式舒適感，只不過是以四格漫畫的形式呈現。

作者秋月理翠女士是個漫畫家（還用得著說嗎？）不同的是，她從一九八九年開始連載，自始至終畫的都是「正宗上班族」的梗。從泡沫經濟的全盛時期一直到日子難過天天過的現在，她從未停止發想讓人毫無違和感的庶民梗。舉凡辦公室女職員的流行服飾和興趣、三十五歲單身男職員的生活智慧和寂寞、課長先生的家庭、退休後的夫妻——毫無死角地描寫各個世代。

而且，不論是哪個世代的讀者看了都會為之「輕輕地」點頭，表示認同。甚至不只會認同自己世代的梗，對其他世代的梗也會若有所悟地發出「難怪！」的反應，然後莞爾一笑。時而默默莞爾，時而心有戚戚。能勾起他人「輕輕共鳴」的能力無疑是一種驚世的才華。能夠持續二十六年之久，透過四格漫畫引發小市民「輕輕共鳴」的漫畫家，在今天的日本就只有她一個人了。可見這種「輕輕然」已然到達了神人的境界。

如果說，《海螺小姐》（暫譯，サザエさん，長谷川町子／朝日新聞社等）是一部長年持續從女性的角度描繪日本戰後社會的代表之作，那麼自泡沫經濟時期以後，代表昭和與平成年間的作品，應該就非《ＯＬ進化論》莫屬了。我當真是這麼想的。

二〇一五年四月

【回顧一語】星野由美（本文插畫）妹妹的插畫也是超棒的！我也當真這樣想過。

©Yumi Hoshino

20代OLジュンちゃん
40代主婦ママ
あつかましくもいまだコチラに感情移入してしまう
だって昔から読んでいるから…っっ

※ 二十幾歲 OL 的純　　四十幾歲的主婦媽媽
不好意思，到現在我還是移情在這邊。
誰教我從小就愛看……

為女性友情帶來希望的兩本書

Q：請問女孩子之間的友情有可能建立嗎？有什麼持續的祕訣？請介紹一兩本可以帶給我一點自信的書，因為我不太能信任別人。

A：對有著這樣煩惱的妳，我推薦的是《後宮小說》（酒見賢一／新潮文庫）這本書。這是一本因為鋪陳手法非常細膩而出了名的小說。直接用它獨特的書名來解釋雖然也是怪難為情的，不過簡單地說，就是某一個大人物（皇帝）的妻妾齊聚在後宮所發生的故事。先皇駕崩，新皇登基。隨之而來的是妃子大募集。有自信的統統照過來喲，但是只限美少女。這樣說來，它的故事設定還蠻有生存遊戲風格的。是幾百個女孩子爭相搶奪一個男生的一場女人之間的大血鬥。而且還不只是勝者為花，敗者為泥。誰贏了，天下就是誰的。在這樣的情況下，室友之間根本不可能建立什麼友情的。因為放眼望去，所有的女孩子都是敵人，當然的嘛。血鬥就是這種情況。

基本上，在這群滿腦子只想贏過對方的女孩當中，究竟會發生怎樣的變化，我希望妳自己去確認，我只能說，它還蠻勵志的。妳會發現，原來人終究都是為了自己而活的。不論是她或她還是妳自己。

所以不管是友情，還是經常讓人感覺芒刺在背的哪個混帳東西，其實都無所謂。可是呢，只要妳願意，和她們見見面也並沒什麼不好——彼此都順著自己的心情，不是最輕鬆的嗎？這就是我從這群後宮美少女身上學到的。

出現在《SKIP－快轉》（北村薰／新潮文庫）裡面女性之間的友情也同樣教人感動。主角是個生在昭和四十年代初期的十七歲女生，有一天睡覺醒來，突然變成了一個有丈夫和一個十七歲女兒的四十二歲大嬸。這也是個蠻悽慘的故事。

故事裡主角和同儕之間的關係占據的篇幅非常小。但是在作者靜謐的文字裡，讓我看到了一種堅定不移的友情，這個印象卻是非常深刻的。

以上介紹的兩本書，主題都不是「女性友情」。但是在不是以友情作為主線的故事裡，說不定反而隱藏著一些女性友情的微妙之處，更能夠讓我們意識到，其實「有朋友真好」。

二〇〇九年一月・由本文起共連載四回

想提高老婆對夫家的家人意識？

Q：我老婆沒辦法把我老媽和我的弟兄，也就是她的婆婆和大伯、小叔，看成是她自己的母親和弟兄。請問有什麼書可以改變她的想法嗎？

A：先問你一個問題。

你有辦法對待你太太的家人如同對待自己的家人一樣嗎？

請試想一下，你和你自己的家人聚集在客廳時的狀況。吃完晚飯，大家悠閒地圍坐在被爐邊，這時候你可能會躺下吧。邊看電視邊話家常，然後睡意襲來了，開始打起瞌睡。

「欸，起來幫忙收拾一下啦！」

「先放著，我等下收～」

在你和你老媽展開攻防之時，如果你那喝了點小酒的老爸也在旁邊碎碎唸，這時候，你可能會一聲不響地窩進房間。說不定偶而還會說「煩不煩哪你們！」然後爆發一陣口角。

對呀，和「自己的家人」的關係就是可以這樣地毫無顧忌。

的確，要是有誰也可以像這樣自然地對待他配偶的家人，我想那還真是了不起，問題是你自己辦得到嗎？要求人家，把你的家人看成自己的家人，我覺得太強人所難了。跟伴侶的家人在一起的時候，難免會有所緊張，甚至還會想讓自己顯得帥氣或漂亮一點吧。

所以，我推薦新井素子的《結婚物語》（中公文庫）和「新婚物語」系列（角川文庫）。

都是有關情侶結婚和新婚生活的故事，不過作者也非常細膩地描寫了先生和太太各自在生硬的微笑中和「伴侶的家人」建立關係的過程。會緊張，會有些害怕，但還是很願意和他們建立更親近的關係，也會想讓他們覺得自己是個好女婿或好媳婦……這些看似理所當然的煩惱和努力，即使出版已然超過二十年，讀來仍舊會喚起陣陣溫暖的共鳴。

而且這個故事也有助於我們了解「對方的家人」。其實他們也是在緊張和生澀之中，期待自己能夠被女婿或媳婦所接受。只不過因為是站在第三者的角度看，我們會覺得那一點也不足為奇。正因為一點也不足為奇，讀起來才格外的溫馨。

雖說你是希望推薦給你太太，不過我卻希望倆位能一起讀。和您的夫人相親相愛地……

二〇〇九年六月

推薦不可推薦的書

Q：我想讓小學六年級的女兒，在多愁善感的少女時期看一些少女文學，但是她很抗拒。請問我該如何才能讓她願意看我推薦的書呢？

A：我想推薦兩本，你絕對不可以推薦給你女兒看的書。

以前我也特別愛看《清秀佳人》和《小婦人》，不過我記得，這兩本書都是我自己在學校的圖書館裡找到的。《清秀佳人》好像是因為當時我愛看世界名著卡通系列才去找它的原著。總之，我之所以把它們視為「我的珍藏」，是因為它們是不假大人之手，而是我自己主動找來看的書。

「主動尋找」對孩子的閱讀具有特別的意義。由大人指定，只會讓它們的魅力減半。如果你已經對女兒極力推薦過《清秀佳人》，我猜她的閱讀意願應該不增反減，說不定已經失去閱讀這本書的興致了。

逆轉的特效藥是，請你跟著女兒看同樣的書。先讓自己變成女兒閱讀的伙伴吧。大人也是如此，沒有人會對不了解我喜好的人所推薦的東西產生興趣或者好奇的。唯有在彼此都願意分享對同一本書的感想，你和女兒之間的頻率才真正接通了。

這時候你該做的是「試著和她玩推薦好書的遊戲」。然後我會推薦一本同時兼具你女兒可能愛看的奇幻冒險武打，和你愛看的少女浪漫故事，《花花和咪咪的冒險故事》（暫譯，はなはなみんみ物語，亘理睦子／岩崎書店等）。內容是一個失去家人的小矮人，四處尋找小矮人王國和魔法的冒險旅程，不過最不可錯過的是，旅途中小矮人所經歷的青澀友誼和淡淡的戀情，是一本質量超優的娛樂小說。還有《神祕的小人兒》（佐藤悟／講談社文庫）。這本書裡的可羅蒙古兒明明是個想像出來的人物，可是閱讀的時候，你會感覺他真的存在。最精彩的部分同樣是故事發展過程中的淡淡戀情！這本書其實才是我最想推薦給你們的！

如果讀了這些，還是無法喚醒你女兒的少女情懷，那就表示令嬡的興趣並不在此，請務必記得尊重她的個性和選擇。

二〇〇九年九月

讓你獲得正向能量的結婚隨筆

Q：我想去參加以結婚為目標的聯誼活動，可是卻沒有即將和某人結為夫妻、共度一生的感覺。請問有什麼能夠讓我下定決心走入婚姻的書嗎？

A：以前我一直以為只有想結婚的人才會去參加這種婚姻聯誼活動，看來這未必正確。所以請先容我澆個冷水：「不想結就不要結。結婚就是這麼回事。」因為若明知自己沒有結婚意願，卻因為社會壓力而結，萬一婚姻破裂了，你會發現，原來離婚更教人頭痛。

就算不結婚，你也不會失去什麼。但是結了婚，說不定會讓你多擁有那麼一點點。結婚就是這麼一回事。所以，我會推薦想去參加婚姻聯誼的人，看看這本內容有點違反常理而且是漫畫隨筆的作品，《結婚萬歲！》（暫譯，婚カツ！瀬戸口美月／講談社）。這本書，赤裸裸地描寫著一個不知長進又野心勃勃、四處參加結婚聯誼和相親的女子，看似一個好笑的梗，但是結局卻讓讀者跌破眼鏡。結婚需要的恐怕不是「結婚的決心」。唯有當我們能在想到「我」之前，先轉過身來關心「你」的時候，才可能擁有幸福的婚姻。

另外還有一本想結婚的女生必備的讀物，《訂做完美達令 幸福王子育成術》（オーダーメイドダーリン―幸せの王子様の育て方）（暫譯，作者 高殿圓、作畫 今本次音／飛鳥新社）。這是我唯一知道的一本寫得最具體的「幸福結婚指南」。它告訴讀者，世界上不存在命中註定的白馬王子！白馬王子是自己培養出來的！是一本可以讓你獲得滿滿的正向能量的結婚隨筆。

書中狠狠地指出了女人隱藏在心裡那些眼高手低、瞻前顧後的想法，同時也蒐羅了譬如適合訂做成白馬王子的男人分辨法、絕對不可誤觸的地雷男子分辨法，所有具體訂做白馬王子的方法一應俱全！整本書極具說服力，而且非常有趣！

只不過女生的企圖會因此而原形畢露，男生最好不要看。萬一看了，我只有一句話，了解了女生的陰謀之後，假裝上當正好可以證明你的男子氣概。

二〇一〇年二月

【回顧一語】 以上是我以答覆讀者提問、推薦好書的形式寫成的隨筆。因為在介紹好書的同時，還必須讓其他讀者也願意閱讀這些好書，所以每篇都超難寫的。

拍案叫絕、氣勢磅礴的琉球王朝長篇小說

「琉球王朝大河長篇小說版的《玻璃假面》。」

《暴風雨》（池上永一／角川書店）正是從這個概念出發，一開始便以馬力全開之勢，一路追過了連載，直抵結集成書的終點。

舞台上演員臉上罩著一幅脆弱不堪的玻璃面具。舞台是琉球王朝末期，罩在主演的女演員「真鶴」臉上的玻璃面具，是「男性」，而且是「宦官」的「寧溫」——其實就是擁有絕頂的聰明與才氣，卻隱瞞了性別，假扮成一位優秀宦官的真鶴本人。她每每因為老天賜給她的美貌，和那愈挫愈勇的少女之心，而危及到了玻璃面具！真鶴的未來如何，值得一探究竟——！

從這個角度閱讀，我想就ＯＫ了，大概。你會發現全篇處處展現著池上永一「少囉唆，管它什麼形式規矩！只要能吸引讀者眼睛的，怎樣都行！」的魄力。

「還真寫得出來哪！」當我看到「歷史小說」裡居然出現了「外來語」時，當下不禁如

此怒吼。好比說織布機的梭子，他偏要說成「瞎頭」（shuttle），一般歷史小說裡不可能這麼寫的，但是池上永一卻說：「『一般』又怎樣？管它的！」那種會讓讀者大喊：「欸，你在旁白裡用這種口氣說話，你以為你是時尚教主嗎？」的筆觸真是讓人拍案叫絕。

出場的女性們也都是如假包換的「一時之選」。我彷彿已經聽到觀眾席裡傳來陣陣的「喔耶！不會吧！怎麼可能～！」不，我還真的聽見了。至少這些女性們自己會說。

「唉喲～我說學姊呀，您臉上和脖子的顏色完全不一樣呢。粉底會不會太白了點？還是塗得太厚了？」

「蛤，什麼？妳知道我是誰嗎？」

「不就是十年前紅過半邊天的過氣資深大牌嗎？」

就是這種感覺。可卻是極度的可愛。

讀到御內原（後宮）篇的時候，我心裡想，哇靠，破表了！這可是派系鬥爭的重頭戲。兩大派系分別是真鶴和真美那。「我支持真鶴」「不對，還是真美那好」「真鶴！」「真美那！」「我想支持聞得大君耶」「你腦袋有洞啊！」就是這麼個情況。不過可怕的是，有一種書迷最愛的人物隨時可能翩然出場。會把你玩在鼓掌之間，教你坐立難安。透露一下好了，我是支持真美那這一邊的。真是被她給打敗了。

恕我僭越下個結論，一言以蔽之就是：「幹得好，池上永一，你還可以繼續下去的！」此人壓根就是個知法玩法的智慧型罪犯。

二〇〇八年九月

【回顧一語】我聽某人說：「池上永一是個變態」（※這是讚美）。我發誓這不是我說的。不過，我沒法否定人家也是事實。後來出版的外傳《夢幻曲》（暫譯，トロイメライ，角川文庫）也是，估計又有人要開心地寫說池上永一真是史上第一大變態了。

愈幸福愈恐怖《好想再見你一面》

少女時期，新井素子是我心目中故事寫得最動人的一位作家。

如今，新井素子則是我心目中故事寫得最恐怖的作家。

不過，用「驚悚」來形容這個故事又有些不對。這本書描述著一個扭曲的家庭，是一本高水準的ＳＦ科幻小說。

可是，對我來說，它畢竟是個「恐怖的故事」。

最近幾年，再沒有比新井素子筆下的人物更令人錯亂的了。她用一種容易親近的口吻訴說著他們每一個人的心聲，也正因為那樣的親近感，讓我更容易去理解他們每一個人的感受，然而這樣的親近感卻是個陷阱。愈讀愈感覺錯亂。尤其是故事中的主要人物更是如此。然後我才猛然意識到。意識到他們每一個人的心態都是扭曲的。就像進入了一間其實是傾斜的魔術屋，每一個劇中人物都想把我灌醉。當我意識到的時候，我已經醉得不省人事了。

他們並不會引發我的同理心，卻因為那個親近感，讓我身陷其中而無法自拔。那種錯亂是恐怖的。拜託放開我，叫他們放開我——

正當心慌意亂之際，突然冒出了一個與我共鳴的人。可是我知道真正的恐怖才要開始。因為新井素子最喜歡冷不防地切入我「最深的恐懼」。

我之所以認為這個故事「恐怖」，或許正因為我是幸福的。

一旦我終於遇到了一個與我共鳴的人，這個人便成了揭發我內心恐懼的關鍵人物。然後我會忍不住去確認先上床睡覺的老公的呼吸，接著連忙撥電話給我久未聯絡的父母。

我祈禱著關鍵人物能夠遇到她所愛的人——但因為實在太恐怖了，我決定別再多想。

二〇一〇年一月

【回顧一語】以前我從沒想過自己有一天會幫「素姊姊」的小說撰寫導讀。（我已經幫她寫過角川文庫的《HAPPY BIRTHDAY》（暫譯，ハッピー・バースディ）的卷末解說。《好想再見你一面》（暫譯，もいちどあなたにあいたいな）則是由新潮文庫出版。）

儘管走進了作家的世界，過去我所嚮往的作家還能如同過去那樣地陪伴著我，真是何其有幸。

戀愛的感覺從未改變過

以前我從沒想過他是一個「男人」。

對我來說，他只是個「成年人」。那時候我還是個上學的小女孩，而他又是爸爸的公司同事，所以我從沒動過那樣的念頭。

更別說是心儀的對象了。所以當然不可能會像女生之間對同班的男生品頭論足，「如果要交往，妳會喜歡誰？」那樣，去對應一個跟自己相比明顯是個「成年人」的人。

我被放在一個屬於「小孩」的箱子裡，而他則被放在另一個「成年人」的箱子裡。箱子裡的東西是絕不可能攪混在一起的。

明明應該如此——可是為什麼……

——如果把故事的背景換成現代，這不就是個教人臉紅心跳的愛情故事嗎？

我所說的是「大森林的小木屋」系列（羅蘭・英格斯・懷德）中的《草原小鎮》和《快樂的金色年代》。

羅蘭出生在拓荒時期的美國，故事就從她長大以後和她的終生伴侶邂逅說起，聽起來多麼地甜蜜。在那個光是收到男生給的一顆糖果都會傳遍全校的年代，原本以為戀愛、結婚遙不可及的羅蘭，她只是噗嗤笑著說：「結婚什麼的，我連想都沒想過（＝想都不想去想）。」可是後來她卻一頭栽進去了。

戀愛永遠都是驟然降臨的。她遇見了他。一種感覺讓她愈陷愈深，也顧不得自己的煩惱了。然後那個感覺便再也無法駕馭。

爸爸、媽媽從未教過的那個感覺恣意地攪亂著羅蘭的心湖。

可是我們都明白。那種被攪亂的狀態正是一種戀愛的甜蜜。

羅蘭生在將近一百五十年以前。當時的戀愛和現在的戀愛，即使社會的樣貌不同了，戀愛的滋味卻從未改變。我們仍舊能夠如實地體會到羅蘭戀愛的心情。

不論是穿著棉布洋裝的少女，抑或穿著水手服的女孩，那種為著一點點小事而悸動、失落，乃至於大起大落的情緒起伏，一模一樣到令人驚訝的程度。這兩本書讓我深刻感受到，戀愛是跨越時代的共同語言。

值得一提的是，系列第一本作品出版的時候，作者已經六十五歲了。或許這麼可以說吧，這樣的年紀能夠寫出如此稚嫩的戀情，正好證明了所謂「戀愛的奇蹟」。

二〇〇九年二月

【回顧一語】這套書是我這一生中讀到的第二部戀愛小說。我人生的第一部戀愛小說是《沒人知道的小國家》（佐藤曉／講談社文庫等）。

用低調筆觸陳述的救難決心

我不知道哪裡還能找得到這樣貫徹著堅定意志的文字。

在這本堅持拒絕煽情，拒絕催淚，博取同情的紀實小說裡，處處流露著有如鋼鐵般的意志。

而在這個意志的背後，我看見了一群我所熟悉的朋友。

在自衛隊服勤的人，他們的堅忍與清廉，是撐起這本書的骨幹。

儘管我寫的是和這本書隸屬不同範疇的小說，但是我和自衛隊建立的關係起碼也有十年了。

和他們訪談的時候當然是在沒有狀況發生的和平時期。在「沒有狀況」之時問著他們對於「發生狀況」時的精神準備。沒有狀況的時候，他們是非常好親近而且樂觀的一群。從他們和我談笑風生、閒話家常的同一張嘴裡，我聽出了他們對於萬一發生緊急狀況時的決心。

不知道從什麼時候開始的，只要一看到所謂「緊急狀況」的新聞，我會立刻直覺想到，

「他們會如何看待這件事情？」「會採取怎樣的行動？」

等到「狀況」平息之後，我會問他們：「當時你們做了些什麼？」結果也不知道從什麼時候開始的，他們的回答和我的預料幾乎沒有太大的出入。

然後，那天——是三一一。

豈止是「發生狀況」而已。壓根就是最緊急的狀況。他們採取了怎樣的動作？

事實證明了，在沒有況狀發生時他們所說的精神準備完全不是說說而已。事實也證明了，他們平日的訓練沒有絲毫的妥協，沒有因為固定的照表操課而變得鬆懈。

而《戰士奮起 自衛隊史上最大的一場戰役》（暫譯，兵士は起つ 自衛隊史上最大の作戰，杉山隆男／新潮文庫）這本書，正是在靜靜地陳述著這樣的事實。

我所「熟悉」的他們，全數都是「戰士奮起」中的成員。

那種低調的筆觸，是只有真正了解自衛隊的人才寫得出來的。

書中的結尾，一位陸上自衛官這麼說道。

「我常在想，自衛隊最好還是不要太高調。畢竟當自衛隊被大肆報導的時候，就表示一定發生了什麼重大事件……」

我在航空自衛隊採訪三一一的時候也聽到了同樣的說法。

「拜託別把自衛官寫成英雄。讓自衛官一路低調直到退伍，其實是最好的狀況。」換作是海上自衛隊，肯定也會有人這麼講。我相信這是海陸空自衛隊共同的願望。

我也相信，唯有經常觸碰到這個願望的人，才可能如此冷靜、公正地記錄下「那一天的他們」。

這是一個充滿了戲劇性和英勇豪傑的題材。然而作者卻明白，身為自衛官的他們比任何人都不希望看到這樣的結果。

他那低調的筆觸誠實地挖掘出了「自衛官的真本事」。他們既希望它永遠沒有發揮的機會，也絕不會怠忽職守。

用書裡的話來說，他們「不知道何時會發生，只是在為『某一天』做準備」。「不論那個『某一天』發生在今天或明天都是如此」。

這一點也不誇張。對他們來說，不必刻意去強調，因為那不過就是個事實罷了。何況這個事實早已經被證實過無數次了。

也許我們的社會對於自衛隊存在著各種不同的看法，或者信念。但是他們的決心正支撐著我們的「每一天」卻是個不爭的事實。

正因為他們的決心，我們才能夠過著太平的日子，彷彿什麼狀況都不曾發生過。

這本書讓我對此再一次地深深感動著。

二〇一三年三月

【回顧一語】但願要求廢除自衛隊的人都能讀一讀《民防手冊》（暫譯，民間防衛，原書房）。這是瑞士政府發送給全國百姓的國防指南。它同時也是一本災害防治指南。

勾動心弦的一篇短文

我心想他應該會對我說些「真抱歉」「辛苦妳了」之類的慰勞話。但儘管我抱著期待，父親卻始終無語，安靜地赤著腳，直到我清理完畢，還一直站在寒風刺骨的玄關前。

節錄自《父親的道歉信》（向田邦子／文春文庫）

這是一篇向田邦子描寫她父親的隨筆。

深夜有人送來了一隻活龍蝦，但是她卻沒辦法把它作成一道美食。因為她狠不下心親自下手殺死它們，於是決定轉送給朋友。而放置過龍蝦竹籠的玄關卻殘留著龍蝦的腥味，她一邊刷洗著三合土的地板一邊自責「連隻龍蝦都下不了手，難怪妳在電視劇裡也不敢安排殺人的情節」——說完這段前言，她的思緒急轉，浮現在她腦海裡的，是一段曾經在玄關被父親責罵的記憶。一旦回憶起過去，就如念珠的珠子般一個接著一個串聯起來。

他是一個嚴肅又嘴碎，甚至有時會被家人視為蠻橫無理的父親。因為擔任保險公司的分公司經理，家裡的來客絡繹不絕，家人則每每為了招呼客人而忙得不可開交。可是父親卻從未向他們說過一聲感謝。

最精彩的一段，是還是少女的向田邦子清理醉客留下的嘔吐物時的那個場景。

父親來到正在清理失態客人的嘔吐物的女兒身旁，竟然什麼話也沒說。儼然是生活在日本眾多笨拙父親的寫照。

父親就是這樣一種面對著只要道一聲歉就沒事的場面，卻偏偏頑固地沉默不語的生物。要一個愛乾淨的年輕人原諒這樣的父親，需要很長的時間。我自己也是。

不過，我當真感覺，在我愛乾淨的年輕時候，因為讀了這一篇文章，讓那段很長的時間確實縮短了一些些。

二〇一一年九月

【回顧一語】這本書我不知道反覆讀過多少遍了，可是每一次都覺得好看。不記得在哪裡看過一段評論說，「向田邦子一現身，就是個不折不扣的名人」，對於向田邦子的評語，我想應該再沒有比這更直接的了。

關於電影，不吐不快

我最愛的電影作品們

如果要按照順序列舉出我記憶中最愛的電影……第一名當然就是《卡美拉 大怪獸空中決戰》和《卡美拉2 雷基翁來襲》了。我想這是影響我創作小說最深的兩部作品。明明是怪獸電影，卻沒有假假的感覺。因為相對於卡美拉和怪獸出沒的假，劇情中「該如何去面對它？」的反應卻是真，所以整個故事我一點也不覺得是造假的。譬如在雷基翁來襲的時候，幕僚長對要求他「為卡美拉做掩護射擊！」的人說：「我們的火力不是無限的！」他反對在還沒確認卡美拉是敵是友之前就貿然開火。類似這樣的決策或爭議，其實是非常的真實。

在一個漫天大謊的四周，鋪陳真實（現實）的元素，這種敘事手法，正是我從這兩部電影裡學來的。因此我才會想出橫須賀出現了帝王蝦（我的第三本小說《海之底》），完成了一次讓讀者信以為真的嘗試。因為我想，既然影片辦得到，文字就沒有理由做不到！然後就是，「卡美拉2」裡的永島敏行超帥的啦（笑）。這兩部電影同時也讓我充分享受到，兩個男人為了一個女人針鋒相對的戀愛劇情。

另外還有一部，是我一定不會忘記的《第三集中營》（The Great Escape）。內容描述一個從集中營死裡逃生的故事，不過重點是，幾位開心研究著逃亡計劃的男士，他們的熱血真是酷到爆了。然後，細部橋段的穿插方式也非常精彩。包括那個充滿象徵意味的結局在內。不知道越獄過多少次的史提夫麥昆再度被納粹逮捕，被送回了集中營。之後，他一如往常，對著單人房的牆壁玩著接球的遊戲。其實，開場和結束是同一個場景。但是結束時卻出現了些微的變化。正是這個變化，為整個故事注入了精彩的餘韻。透過這部電影，我學到了不少故事呈現的手法。

因為家父是個影迷，所以從小時候起，我就跟著他亂看了一堆各種類型的電影。我們會去電影院或者在家觀賞電視播出的「週日西片電影院」，後來錄影帶出租普及了，老爸又一個勁兒地迷上了它，一片接著一片租個不停。當年我有時候會覺得不堪其擾，不過也多虧有這樣的老爸，讓我接觸到了非常多的電影。

其中一部叫《碧血長天》（The Final Countdown）。故事是常見的時空穿越，劇情有夠單純的（笑），但是中段卻出現了零式和雄貓戰鬥機的對峙！我開始認真思考當中的鏡頭取景，然後才清楚了解了飛機機體位置之間的關係。單是這些取景，我就覺得它值得一看了。比起《捍衛戰士》（Top Gun）裡的F－14（雄貓式戰鬥機），我更喜歡這部電影裡的空戰表現。

《海底喋血戰》（The Enemy Below）也是小時候被迫和老爸一起看的，結果我卻看得入迷了。雖然從頭到尾都是軍艦和潛艇的心理戰，可是還蠻教人熱血沸騰的呢。儘管兩位艦長是敵我關係，在對抗的過程中卻出現了一種英雄惜英雄的氣氛。兩個人都各自背負著不可讓步的使命，不是誰對誰錯的問題，只是彼此出生的國家不同而已。就是這種無奈和情非得已的氛圍。總之，德軍艦長好帥（笑）。

如果要我從宮崎駿的動畫中挑選出一部的話，就是《風之谷》。我想這應該是我小學六年級時看到的第一部吉卜力電影，當時我就愛上了娜烏西卡。因為這是我第一次看到「像英雄一樣的女主角」。在那之前，冒險故事裡的主角幾乎都是男生。我猜想應該有很多女生都是因為看了《風之谷》，才意識到原來女主角不見得要有男生的保護，我也要做個獨當一面的女人這樣的想法吧。

看《美麗人生》（Life is Beautiful）的時候，我哭得好慘。看電影看到放聲大哭，這還是我生平頭一遭。即使被送進了納粹集中營，在那樣惡劣的情況下，父親竟然還能在兒子面前邊走邊不停地搞笑。還正經八百地騙小孩。更讓我驚訝的是，一部電影竟然可以這樣毫不賣弄地，又直截了當地表達出，人是可以這麼美好地活著，人生是可以這樣的美麗。是我真正最愛的一部電影。

《從地心竄出》（Tremors）就截然不同了，這是一部完全搞笑的傻瓜電影（笑）。不過儘管它是一部低成本的B級片，凱文貝肯的演技仍舊是可圈可點的。劇中他飾演一個血氣方剛的混混哥哥，結果卻「傻人有傻福」，人生出現了轉機。主角的轉機所產生的淨化作用，還真是教人大快人心呢。他和「那個書呆子四眼田雞女」的女主角之間的愛情喜劇橋段也處理得恰到好處。這部電影和《斷箭》（Broken Arrow）是我心裡B級片中最好看的兩部。值得一提的是，《斷箭》是我覺得克利斯汀・史萊特拍得最帥酷的一部電影。就是這樣！（笑）

我也超愛看電影正式開演之前播放的預告片。有一段時間，我迷上了一種遊戲，「根據這段預告，如果我是編劇，我會編出怎樣的故事？」而夾在這些預告片之間的，則是短篇動畫《紙兔羅佩》。之前我去東寶的電影院，就看過大約兩分鐘的這部動畫。

內容只是紙兔羅佩和紙松鼠阿基拉前輩在對話。可是這兩個傢伙真的很可愛，就是那種有點壞但又不會太壞的那種小屁孩！雖然是搞笑片，會讓人從頭笑到尾，但是因為偶而也會出現一些蠻感人的對話，所以才會那麼吸引我。

《祕密結社　鷹之爪》基本上也是一個「壞壞的幫派」，但是因為總統他人其實並不壞，所以大家勉強都算是好人。總統常被部下「吉田君」搞得團團轉，好笑到不行。至於他們的想法……說不定連轉述都會跟著變笨，總之就是蠢話一籮筐啦（笑）。它的梗大多是在賣弄知識，好比說「島根那地方有夠土的，天曉得哪天會不會從日本地圖上消失！」……蛤～？（笑）我被它逗到笑得合不攏嘴。

你問我所選的這些電影有什麼共通點嗎？應該沒吧！（笑）不過一定有人會說，您還真是雜食啊。如果硬要說的話，就是「好看不分貴賤！」因為《美麗人生》讓我大哭的感覺和《鷹之爪》逗得我大笑的感覺，其實是沒有高下之分，無法比較的。

二〇一三年四月・訪談

【回顧一語】《紙兔羅佩》最近播放的都是廣告短片，讓人感覺好生寂寞。期待它能恢復友情贊助的《鷹之爪》廣告版。

一連串尖酸刻薄的笑梗《祕密結社 鷹之爪 THE MOVIE 3》

這是在電影院裡我最討厭的事件前三名。

・放映中附近有人開到震動模式的手機響起（這種響聲隔很遠都聽得到）。

・而且手機主人居然開啟了螢幕（就是那種黑暗中一盞明燈的液晶背光）。

・然後有沒有天良啊，他竟然就這麼打起了簡訊！

你這小屁孩，電影放映前的影片裡，總統不是講了嗎？你都沒聽！「電影放映中嚴禁使用手機！」——應該不只我一個人，四周圍的大家應該也都有一股近乎暴力的衝動。這時候，我們已經手牽著手心連著心了！

可是，當我們發現小屁孩身旁還有幾個同夥的，就只好忍氣吞聲了，沒人敢上前警告。小屁孩依舊若無其事地繼續打他的簡訊。

可能的話，我真恨不得衝向那個正蹲坐在座位上沒家教的小屁孩，抓起他的手機，把它折成兩半，可是，總統也說「放映中不可以踢前面的座位！」這表示總統反對任何形式的暴力行為，於是我只好打消這個念頭。何況鷹之爪戰鬥主任，來自島根縣的吉田君也說了，沒禮貌的觀眾一律用垃圾袋打包起來扔掉。所以不管我有多生氣，都不可以因為暴力的行為而讓自己變成被垃圾袋打包扔掉的觀眾。

總而言之，到TOHO影城看過電影的人應該都見過這兩個活寶。就是一邊穿插著尖酸刻薄的笑梗，一邊呼籲看電影要有禮貌的祕密結社鷹之爪。你、你，還有你，應該都知道吧。就是粗邊畫風的動畫裡的那幾位。

沒想到他們最近居然出了電影版。是我孤陋寡聞後知後覺，其實這已經是他們的第三部電影了，聽說也拍成了電視連續劇。如果讀者跟我一樣不知道他們的來歷也無所謂，電影裡也會看到他們DVD上市和出租的宣傳廣告。

不過要介紹這一連串尖酸刻薄的笑梗，實在有點困難，那就直接整理幾段給大家瞧瞧好了——

「就是要耍嘴皮子好玩唄！」

「我們要把島根推向世界舞台！」

「總統，您的地位不保了啦！」

好，整理得還不錯！心裡想「真的假的！」的人請親赴電影院確認！

但是我可以向各位保證，《祕密結社鷹之爪 THE MOVIE3 ～http://鷹之爪.jp直到永遠～》（暫譯，秘密結社鷹の爪 THE MOVIE3 ～http://鷹の爪.jpは永遠に～）這部電影一定能帶給你一段超興奮又高品質的歡笑時光。

二〇〇九年十二月

【回顧一語】可見當年我有多愛「鷹之爪」。

深度而又豐富的留白《武士道十六歲》

原作是譽田哲也的小說《武士道十六歲》（文春文庫）。

我想藉這個機會跟大家聊一個我個人覺得的，小說改編成電影的困難點。而不是要跟大家說（或許也有那麼點成分在），羨慕死他改編成電影了！

作家基本上是一種投資報酬率偏低的生意。除了收入不穩定之外，也不像大家想像中那麼賺錢。能夠靠寫作的專業混飯吃的只是其中的極少數，而且就算書賣得不錯，人家也未必會找你寫下一本。要想得到什麼，一定得付出更多的勞力，即便含辛茹苦寫了一本賣座的好書，成了稍微有一點名氣的主流作家，人家也可能給你套上一個框框說，「他已經夠出名了，甭找他了」。到頭換來的往往是被人忽略的恐懼。

所以我先附加一個小說改編成電影的困難點，「原作小說是否真的能夠得到好處」。如果只是電影的票房佳，結果票房卻沒能反應到原作小說上，那就太可悲了。

不過，這個困難點的難度其實蠻高的。因為原本，小說改編成電影就不是一件容易的事。加上文字和影像的「時間」密度不同。文字可以輕易地濃縮時間，而影像中十秒鐘的動作無論如何都需要十秒來完成。可是電影的長度了不起就兩個小時。要是小說裡寫的是一年的故事，電影就得在兩個小時內把這一年的故事給說完。只要一個不小心，都可能把它搞得不知所云或者空洞乏味。

所以最重要的就是適當的省略與留白。於是為了讓觀眾在這兩個小時內得到感動或情緒的抒發，從小說中擷取並且表現出故事和人物的主要內涵，同時又能讓人感受到其中豐富的留白，便顯得極為重要。

而《武士道十六歲》就完美地做到了這一點。一個如同穿越時空來到現代，武士一般質樸而且秉性剛毅的劍道少女，和一個明明是個無能之輩，卻是唯一勝過了這名武士的可愛女生，還包括了兩人身旁的朋友和家人，這部電影不僅把小說導入了劇情，更讓人會情不自禁地「想知道更多關於她們的故事」。它大膽地去蕪存菁，保留了原作小說的深度，甚至還接連出版了《武士道十七歲》和《武士道十八歲》（兩版都是文春文庫）！所以，讀者何妨先去電影院品嚐一下這部感人的電影，出了電影院再用自己的雙腳，就近走入一家書店，買下它的新作。

二〇一〇年四月

【回顧一語】 很冒昧地說一句，其實《武士道十八歲》的導讀是我寫的。我在文中表達了我的期盼，「請一定要出《十九歲》！」結果還真的就出版了。不是十九歲，而是《武士道世代》（暫譯，武士道ジェネレーション／文藝春秋／二〇一五年）。

出版之後不久，我收到了譽田哲也先生寄來的贈書，雖然很感謝但是我差點沒昏倒。人家已經買了啦，老早就買了！這麼好的書怎麼可能不在首賣日一馬當先！沒關係，能對《武士道》的業績有所貢獻，我不後悔。所以呢，現在我家有兩本《武士道世代》。

這本書讓我總算看到了我之前所熱切盼望的香織和早苗兩人日後的發展。故事中不斷傳達著一個訊息：「不可以驕傲。但也無需妄自菲薄。並且要找回個人的尊嚴。」

多麼完美的結局。

因廁所之謎而連結《廁所Toilet》

觀光區的分數可以用它的廁所來衡量，這是我個人的看法。我甚至還根據這個看法寫過隨筆和小說。

一個成功的觀光區，它的廁所分數一定很高。衛生紙和自動沖水是一定要的，必須處處打掃得乾乾淨淨。馬桶坐的、蹲的一應俱全，最好還安裝了音姬和免治沖洗的設備。

不管何種名勝古蹟愛好者，只要看到廁所髒兮兮，就保證完蛋。內急時，碰到的廁所要是無人打掃，得自己接水沖洗的馬桶，連同衛生紙也用完了，在他們的心裡恐怕只會留下超壞的印象，認為這個觀光區真是糟糕透了。人只要活著一天，有進必有出。既然如此，要想讓愛好者留下美好的印象，就不能不在廁所上多下點功夫。總之一句話，廁所真的很重要。

於是，就有了《廁所Toilet》這部電影。單看這直率的片名，就知道它同時描寫了飲食和廁所。

故事人物是美日混血的三兄妹和他們的日籍阿嬤。在共同的生活中，出現了一個小小的不解之謎，而這個謎又和廁所有關。阿嬤早上的如廁時間超久的。而且出了廁所，阿嬤總是聲聲嘆息。為什麼？要是能問也就罷了，偏偏阿嬤不會說英語。

飾演阿嬤的鐯真佐子演技是一流的。板著一張老臉，不發一語。就像一般的老人家那樣動作遲緩，在家裡面走過來、走過去。單單這樣的表現，就存在感滿點了。只要阿嬤一現身，三兄妹和觀眾一定會對著她目不轉睛。她究竟想幹嘛？在想些什麼？每個人都緊緊地盯著阿嬤看，只想多掌握到一點訊息。

後來留意到阿嬤和廁所之謎的大哥決定和阿嬤保持距離，但是他卻因為吃飯的關係，逐漸打開了心防。最後願意面對阿嬤的大哥總算解開了廁所的謎題。飲食和廁所在故事裡被漂亮地畫成了一個圓。有吃就得拉，拉了又得吃。一個再簡單不過的基本生理循環，竟然把三兄妹和老阿嬤的關係連結在一起。

始於廁所的故事必將終於廁所。看到劇終的那個場景，每個人應該都有各自的感想吧，然而我卻念念不忘阿嬤最後的那抹咧嘴微笑。

二〇一〇年八月

【回顧一語】為了寫這個介紹電影的專欄，那段時間我還真看了不少不是我興趣的電影。

超一流的B級電影《超危險特工》

這很瘋狂。

而且很帥氣。

西片中難得出現了一隻「黑馬」。是一部遵循正統娛樂精神製作而成的超一流B級電影——究竟什麼是「超一流」的「B級」，請自行體會箇中深意。

B級片大多是以娛樂觀眾作為首要目標的娛樂作品。不過，雖說是B級，也不可以混水摸魚。一旦混水摸魚就成了C級乃至D級了。以最認真的態度琢磨故事的情節，要求具備專業素養的一流演員賣力演出，這樣的B級電影才夠得上是走在娛樂的王道，是貨真價實的B級電影。

《超危險特工》（RED）是三個英文字第一個字母的縮寫，Retired（已經退休的）Extremely（極度）Dangerous（危險人物）——他們的真實身分是靠著年金度日，寶刀未老的一群退休CIA幹員。單從人物設計來看，就不難嗅出幾分B級片的味道。

主角暗戀著其實只講過電話的年金管理課某小姐，日子過得平淡無味，孰料有一天家裡突然闖進了幾個職業殺手！就在千鈞一髮之際，他只好帶著年金管理課小姐一起逃亡。隨後便號召了幾位昔日的老搭檔，組成了「RED」——對手則是CIA的神祕官員。究竟「RED」是否能夠搶先現任CIA幹員一步，揭發他們的陰謀呢？

參與這個B級劇情的演員，包括布魯斯威利、摩根費里曼、約翰馬可維奇，還有海倫米蘭。曾經因為在《黛妃與女皇》（The Queen）中飾演伊麗莎白二世而獲頒奧斯卡金像獎的海倫米蘭，在這部影片中會不眨眼地舉著重機槍掃射。儘管場面精彩刺激，卻不免令人感覺到某種強烈的落差。打個比方說好了，就像點了一道鮑魚、鵝肝、伊勢龍蝦和神戶牛肉的頂級綜合炸物套餐。平常的綜合炸物套餐應該不會選擇這樣的食材吧？但是好吃啊，只好乖乖地吃下去！《超危險特工》就是這樣一部電影。

然而，這絕不表示它很低級。劇情經過精心策劃，畫面的呈現也極具深度。絕不是一些使用美美的CG電腦動畫或特寫來魚目混珠的片子所能比擬的。其中隱藏著一種不靠那些玩意，照樣可以實現高品質娛樂效果的堅持。而這種堅持，正是這部電影之所以好看的原因。

「年輕人統統給我退下！」海報上的廣告詞讓我不禁覺得，這其實是在對近來那些濫用新科技的電影業者說的。

二〇一〇年十二月

【回顧一語】本來我猶豫著該寫這部電影，還是寫《特攻聯盟》（Kick-Ass），結果因為截稿前先收到了這部，所以就……《特攻聯盟》也是一部像在表達「怎樣？我就要讓金髮雙馬尾的小妹妹來演動作片，不行嗎？」的大快人心之作。

這部電影的主角是……「阪急電車」

不管怎麼說，我是原作者。劇本也是事前由我親手改編的。《阪急電車　單程15分鐘的奇蹟》，是我傾注了全力完成的一部電影。

我看了試映，開場不久，「嗯，了解」，我不自主地在腦子裡核對著劇本。可是不知從何時起，剛才在頭腦裡賣弄小聰明的念頭，卻如融化般地消失了蹤影。

大概是因為未婚夫被同事橫刀奪愛的「翔子」的那一幕，被引用作為宣傳短片的關係吧。因為那是我印象最深的一幕戲。

可是如果再有人問我「究竟誰是主角？」我還是會說「誰都不是。」當螢幕上出現了愛人被睡走了的女子「翔子」的時候，「翔子」是主角，但是在飽受男友家暴的女大生「美紗」出現的瞬間，主角又變成了「美紗」。有些時候，主角可能是說話直率的老奶奶「時江」，或是無法適應大學生活的「圭一」和「美帆」、不知未來何去何從的高中女生「悅子」、不知該如何和家長會其他家長打交道的「康江」；主角的位子一再又一再地換人。

然後就在望著他們奮力哭笑的身影間，我竟然為著絲毫不搶眼的細部情節而熱淚盈眶，而笑不可仰。故事明明都是我自己寫的，為什麼我的情緒會被這般地牽動著？

簡短的片尾字幕結束了。螢幕轉暗的瞬間，我想鼓掌。不行不行，我忍著告訴自己，哪有原作者鼓掌叫好，這樣的老王賣瓜。可是四周的座位突然湧起了掌聲，還愈拍愈響亮。

此時我才終於明白電影的主角是誰了。這部電影的主角，正是和故事人物一同搭乘著「阪急電車」，並且看著他們的觀眾。從我坐上電影院座位的那一刻起，我便不再擁有原作者的頭銜，而是一個在電影中扮演觀者的角色。而且，如果少了扮演觀者的觀眾，這部電影是不可能完成的。是旁觀的我們把每一位故事人物串成了一部電影。因為我們參與了他們的演出，所以心裡才會如此的震撼。

整部片子我感受到劇組人員的用心，不過那並不是對其他的誰，而是對參與了演出卻沒有寫在片尾字幕上的演員，也就是坐在觀眾席上的我們所表達的敬意。

從明天，二十三日起，它將在關西地區先行上映。在這個因為受到東日本大地震的衝擊，社會瀰漫著自我約束的情緒之際，我更期盼大家都能親自進到電影院，享受一段開心的電影時光。

自我約束救不了災區任何人的。經歷過阪神大地震的我們都深知這個道理。平安無事的地區民眾，唯有開心地參與社會、活絡經濟，才是對災區實質的貢獻。而我也相信，所有的娛樂活動都有助於災區的重建。

二〇一一年四月

【回顧一語】東日本大地震就發生在《阪急電車》公開上映的不久之前。

在寶塚歌劇院舉行的試映會上，我上台致詞時說道：「自我約束救不了災區。經歷過阪神大地震的我們都深知這個道理。請大家不要因為享受娛樂活動而內疚。而要想，每一場電影，每一本書，都代表著我正在活絡社會的經濟，然後請盡情地享受它。娛樂作品之所以存在，正是為了不讓我們繃緊的繩索斷裂，為了讓我們放鬆心情。」

後來我聽說在全國巡迴宣傳的致詞裡，包括中谷美紀在內，每一位演員都不斷為我傳達了這段話。

我很慶幸在那段日子裡，自己能夠抱持這樣的想法，公開這部電影。

在阪神大地震發生的時候，儘管我身處在較早完成重建的地區，心裡仍舊是恐懼的，但是能夠毫不猶豫地傳達出這個想法，我想當時的恐懼已經值得了。

令人感動莫名的牆內人生《極道美食王》

嗯～這真是一部感覺蠻奇妙的電影。背景是監獄，取景上本來沒有什麼特別。基本上說它就是幾個窩在監獄二〇四號房裡的受刑人，在那兒喋喋不休說個不停的故事，我想一點也不為過。而聽故事的我也只是像在聽人閒聊，非常一般的看電影模式。可是看完之後，一種莫名的感動卻會一點一點地湧上心頭。

受刑人們聊的主題是「這輩子吃過最讚的美食」。話題由相當於二〇四號房牢房老大的老受刑人提出，再由其他受刑人接招，展開一場用說的美食對抗賽。最能讓同窗聽了以後吞口水的人就是贏家，贏家可以在監獄內吃一年一度的年夜飯時，向每一位同學各收取一道美味的菜餚……這二〇四號房的成員為索然無味的監獄生活增添樂趣的方法真是一流。

然而，一位無法適應二〇四號房這種氣氛的菜鳥，卻撇過頭去說：「我沒有什麼美食的記憶啦！」從小得不到家人的關愛，長大後又因為服刑而被迫和女友分隔兩地，菜鳥對這一切的遭遇實在難以釋懷。他斜著眼珠怒視著這場開心的對抗賽，又因為對同窗的分享潑冷水而引起了紛爭。

可是就在不知不覺間，菜鳥開始娓娓地吐露出自己記憶中的美味……然後之前被他潑冷水的胖子也向他回嗆，當場大吵起來，還用一種令人驚訝的方式，讓菜鳥收到的那封來自女友的來信「再也無法閱讀」，然而菜鳥卻因此打開了心房。原本凶神惡煞的他，終於向同窗們傾訴了心聲，並且破顏而笑。

這無疑是因為受到同房夥伴毫無隱瞞地分享回憶的精神感召。以年夜飯爭霸戰的名義，讓二〇四號房全體成員交換了彼此的記憶。人一旦了解了彼此的過去，自然就會溫柔相待。

我不禁懷疑，那位一代接著一代在二〇四號房裡安排對抗賽的老受刑人，其實是刻意藉由這樣的方式，一代接著一代地撫慰新進菜鳥受創的心靈。

究竟那封無法閱讀的女友來信裡寫了些什麼？我們無從得知，但是即便如此，卻可以預見，在這位菜鳥未來出獄的人生裡，已然出現了微微的曙光。我不由得向這位仰著臉、忍住淚水的菜鳥，送出了我的加油聲，你一定會幸福的。

不過倒是有個題外話，這部電影的簡介手冊很大膽地直接在上頭破了劇情的梗，建議大家看完電影之後記得要買。

二〇一一年八月

【回顧一語】在簡介上破梗真的是超大膽的做法，我是懷著克盡棉薄的心情，喚請大家注意！才會寫出最後一段的。

迎接下一次的壯舉《隼鳥號 遙遠的歸來》

之前某位大臣在一場超級電腦的分案審查會議中如此宣稱：「當老二有何不可？」不過他可能有所不知，在科技研發的領域裡，從一開始就不打算得第一的人其實已經註定要吊車尾了。因為很遺憾的，排名第二的在朝向第一名邁進的競爭過程中，往往只會淪為失敗者。因此宣稱只想當老二，等於宣布自己只想當個遠遠落後人家一大截的最後一名。

「隼鳥」當然是個指向第一的計劃。

前後費時七年，飛行了六〇億公里，預定採集小行星「糸川」的樣本，這項前所未有、史無前例的探測計畫，因為隼鳥號的成功返回而名噪一時。隼鳥的成功也代表著日本航太工程的一次壯舉。地球重力助推法的試飛成功，得利於任務終告失敗的行星探測器「先驅者」；相當於通信斷絕時關鍵命脈的一位元通訊系統，則是經由耗資一百二十億的火星探測器「希望號」所累積得來的技術。而隼鳥號則傳承了所有前人留下的資產。

片中，藤龍也飾演ＪＡＸＡ（宇宙航空研究開發機構）的公關主任，他說出了ＪＡＸＡ

的基本理念：「航太工程只有成功，沒有失敗！」任務失敗≠計畫失敗。未達成目標的計畫必將累積成日後獲得成果的技術和經驗。只因航太工程最重要的就是技術與經驗的傳承。隼鳥計畫始於一九九六年，預計十四年達成任務，但是隼鳥計畫的成功，並非是單單只是十四年累積的成果。為了達成隼鳥計畫，需要由一九五〇年糸川英夫發射鉛筆火箭（pencil rocket）起持續累積下來的技術。

航太技術的開發一旦停下腳步就等於玩完了。停滯不前的結果，將再也無法趕上技術領先的國家。日本一向以極為有限的預算力圖保住技術領先國的地位。為了持續領先，國家需要更多了解航太工程理念的人。

《隼鳥號　遙遠的歸來》正是一部了解它，進而聲援它的電影。他們最想傳達的訊息，全都扼要地寫在片尾最後的那段字幕裡。那段字幕懇請著大家，「希望大家能夠多多了解航太工程」。

隼鳥計畫的成功，是到目前為止日本航太工程集大成的一次壯舉。也為了迎接「下一次的壯舉」，但願讀者都能收到他們所傳達的訊息。

二〇一二年二月

【回顧一語】我看到的隼鳥計畫紀錄片，是公布在網路上的剪輯。直到今天我還是覺得很可惜，隼鳥號返回地球當時，ＮＨＫ沒能即時轉播。這種時候不轉播是想怎樣啦！

保護言論自由免於國家機器干擾《圖書館戰爭 革命之翼》

不藉這個機會介紹一下自己作品的改編電影，其實也蠻怪的吧——所以接在《阪急電車》之後，自我推銷的機會又來了。

電影是《圖書館戰爭 革命之翼》。

事情就發生在不久的將來，審閱制度完成合法化的日本。而唯一有權和這個制度對抗的，正是圖書館。為了保護所有的書籍不受日益嚴厲的審閱所干擾，圖書館展開了一場不分晝夜的抗爭——

當初其實我是在非常輕鬆的心情下寫下「我不會讓審閱制度真的合法化」這句話的。可是自從這部小說發表以來，我們的社會卻三不五時出現了一些「要是不小心真的通過了，後果不堪設想」的，教人不寒而慄的法案和條例。而這些法案原本只是在《圖書館戰爭》中造成言論限制的一個想像，如今竟然有人在被指出執行細節上不夠周延的同時，仍舊執意伺機闖關，讓法案通過。保護人權的想法是可貴的，但是我們絕不容許為了保護某一部分人的權利，而侵犯了另一部分人的權利。但願讀者能夠多加留意並且深思，目前還有很多地方值得討論的法案。

好，回到《圖書館戰爭 革命之翼》。在這個已然限制言論的世界裡，長期對抗審閱制度的圖書隊，如今終於要和堅持審閱制度的國家機器一決勝負了。對決的導火線是官方下令拘捕一位作家。

一位為了寫小說而尋找恐攻事件相關書籍的作家，國家竟然剝奪了他寫作的權利，而圖書隊則是為了保護這個權利而抵死不從。過程中，審閱制度甚至波及了主張反對審閱制度的電視台。

劇中有一幕表達出公民心聲的橋段。「反正我不愛看書，電視台的節目必須送審，我覺得其實沒差」——就是這樣的想法。寫這段話的時候，我想到的並不是單一一位認為事不關己的公民心聲，而是現實中可能佔據了絕大多數的多數意見。可是，就在認為事不關己的過程中，我們可能已經放任通過了限制言論的基本法案，到時候每一個人都得為自己在人前說出來的每一句話提心吊膽——

但願大家都能享受這樣一個虛構的題材。不論是我或電影的劇組，大家都希望如此。至於《圖書館戰爭》這部系列小說，我還是會持續把它寫成「這種荒謬的事怎麼可能發生！」

的爆笑娛樂作品。

二〇一二年六月

【回顧一語】 結果如我所料，就在我的電影上映期間，這篇順利地排入了專欄裡。真是萬幸，真是萬幸。

嘻笑間燃起逐夢熱情《天地明察》

時間是江戶時代的前期，主角是安井算哲（後來改名為澀川春海）。這一位愛下圍棋的數學家，因為找出了使用長達八百年的曆法中的錯誤，而制訂了新的曆法。《天地明察》所描述的，正是安井算哲制訂新曆法，直到廣為世人所接受的故事。

原作內容有多麼精彩，相信如今已經不需要我再多說。將它拍成電影的是《送行者》的導演瀧田洋二郎，主角安井算哲則是由演技備受好評的岡田准一擔綱。配角也都是極具個性的實力派演員——如此說來，不期待才怪了。

不過，我會建議沒看過原作小說的人，一定要去看這部電影。曆法？數學？不行啦，這些我都沒興趣。而且人家本來就不愛看時代劇——會這麼說的讀者，看了之後，你會驚訝發現：「咦，明明是我沒興趣的主題，怎麼會這麼好看？」

安井算哲奉了幕府之命，為了鑑定並且修正現行曆法的錯誤，而展開一場走遍全日本的觀測北極星之旅。旅途中還有建部昌明和伊藤重孝兩位老先生同行。建部是此行的領隊，伊藤則是個御醫，兩者皆非等閒之輩，卻都是個快樂的歐吉桑。在原作小說裡，他們可是名氣遠遠凌駕在主角之上的名配角，從他們陪同算哲踏上旅程之後，故事的張力才突然間倍增了起來。

電影中最精彩的片段，我想應該可以在這裡說吧。建部和伊藤從江戶開始，一路上滿腦子想著比賽用計算步伐的方式測量距離，然後看誰能正確計算出北極星的位置。實際上用觀測就行，根本沒有必要這樣費功，可是兩老卻在嘻笑間比得不亦樂乎。真是兩個可愛的生物。後來不知不覺，連算哲也加入了賽局，開始專注著每天的徒步測量。

透過這兩位忘年之交，原本只是奉幕府之命修訂曆法的工作，卻成了算哲個人的夢想。回到江戶以後，算哲把他擁有的能力與熱情全心投入在新的曆法上——

電影就從這裡開始，故事的焦點移向他和女主角的戀愛情愫，進入了一段電影原創的劇情，不過原作小說從此開始，也是挺火熱的。

關於原創劇情的部分，讀者不妨把它視為和原作平行發生的橋段，出了電影院之後，建議請直奔書店。店頭那本《天地明察》（冲方丁／角川文庫）應該已經等候你多時了。然後，請盡情享受可惜電影中省略的男人熱血故事。

二〇一二年八月

【回顧一語】建部和伊藤真是超棒的萌角色。

堅持王道的勇氣《007：空降危機》

詹姆士龐德。說他是舉世最知名的情報特工，應該沒人會反對吧。代號〇〇七，隸屬英國祕密情報局軍情六處MI6。

儘管這是全球最受愛戴的特工電影系列，但認定羅傑摩爾是最佳〇〇七的我卻早已和它的新作漸行漸遠了。不過，前些日子我遇到了某位男星，他說：「好期待這次的《空降危機》，預告裡出現了丹尼爾克雷格在和敵人纏鬥之後整理衣袖的鏡頭。」這句話讓我忽然間很想去一窺堂奧。

在這之前我總覺得，丹尼爾克雷格的表現的確驍勇善戰、風流倜儻，但美中不足的是，他似乎少了點〇〇七的「游刃有餘」。所以一聽說他會在打鬥後整理袖子，那就精彩可期了。畢竟少了英國紳士特有的那種瀟灑自若的架勢，就稱不上是〇〇七電影了。

結果，還真是一次值回票價的觀賞經驗。

導演抓準了〇〇七的基本風格。雖然隨著時代的改變，不得不添加網路技術，但是他並未落入濫用高科技的陷阱。超可愛的軍需官Q竟然意外地重現江湖，提供龐德的「祕密武器」也還是傳統式的。具有指紋辨識功能的華瑟手槍。這才是正港的詹姆士龐德嘛！佈滿機關的奧斯頓馬丁汽車也理所當然地粉墨登場。還有那段影迷殷殷期盼的主題音樂。

導演真是太了解觀眾的心理了。會去看〇〇七的觀眾，期盼的不是《不可能的任務》那種令人窒息的高科技武打秀，而是沿襲〇〇七和影迷之間那些古樸懷舊的「老規矩」。

〇〇七系列的王道風格早已定型。這部系列電影最需要的就是堅持傳統的勇氣。如今它總算走出了迷思，透過這部五十週年紀念之作成功地讓〇〇七起死回生了。

前前後後總共擔任了七次M夫人演出的茱蒂・丹契，這次再度扮演著關鍵的角色，片尾也披露了新團隊的成員，讓這部系列後續可期。加上Q也回來了，更大大增加了團隊日後的可看性。

徹底保留傳統的劇情安排，回歸原點的《空降危機》，讓我看到了「堅持王道的勇氣」。不是有什麼新玩意統統加進去就是好的。我一面咀嚼著古人的老話「溫故知新」，一面步出了電影院。

二〇一二年十二月

【回顧一語】貫徹王道而不標新立異是非常重要的。

「不可能的任務」系列亦然，絕不可以因為是賣座的動作大片，有了資金卻忘了本。這才是所謂的文化傳承。

但願看似一心想要成為好萊塢成龍的湯姆克魯斯能以此為鑑，不要太早就壽終正寢嘿。

享受改編電影的過程《圖書館戰爭》、《來觀光吧！縣廳款待課》

我的小說《圖書館戰爭》和《來觀光吧！縣廳款待課》接連被改編成電影了。而且兩者都因為演員和劇組人員的熱情相挺，拍成了非常有趣的作品。

話說，每當小說被改編成電影，我總會從原作小說迷那兒聽到一種聲音：「請不要改變原作的劇情！」有些讀者甚至自稱是原作基本教義派。不過呢，我想就藉這個機會解釋一下，改編電影之所以無法滿足這類原作基本教義派的原因。

其實，不論怎麼忠於原作，把小說拍成電影，這個動作本身便一定會改變原作的。因為，小說是以「閱讀起來最有趣」的方式寫成的，如果完全按照小說敘事的順序拍攝，電影是一定不可能超越原作的。也正是為了超越原作，和原作一較高下，改編電影才會加入一些原創的情節橋段。

然後是，作家心裡其實存在著一種不論劇組如何更動劇情，都不可能動搖原作本身的自負心理。因為我們相信，即使改編失敗了，也不會對身為作家的自己產生任何傷害。正因為如此，我們才可能同意改編成電影。從這個角度看，要求「不要改變原作的劇情」的建議，其實也等於在說「我不相信作家的實力」。

每當我把我的作品託付給人改編成電影的時候，我一定會告知對方：「只要有趣，您們怎麼改都行。」「只要有趣」這個前提，是我向劇組人員下的戰帖。而且，我只會把我的作品交給願意接受這個條件的人。也就是說，我的小說只要出現了改編電影，就表示我遇到了這樣的人。所以，可能的話，我會希望讀者也能享受這段改編成電影的過程。如果我贏了，請大家和我一起高興；萬一輸了，也請大家和我一起一笑置之。

《圖書館戰爭》和《來觀光吧！縣廳款待課》這兩部電影是同時完成電影化的，雖然在我的作品裡是風格完全不同的兩本小說。一切都是出於偶然，只不過同一位作者的改編電影同步上映，恐怕是史上頭一遭，就結果來看，還真是一個相當具有挑戰性的決定。而就作品本身來看，兩部電影的品質都不在話下，但是電影就是這麼回事，上映後會得到怎樣的結果只有天曉得。是生或死、是成或敗，希望大家都能進到電影院去親自感受。如果大家也能把分析它們的成敗視為一種樂趣。我贏了，就分析我之所以贏的原因；我輸了，就分析我之所以輸的原因。如此一來，或許才算真正品嚐過這兩部小說改編成的電影。

二〇一三年四月

【回顧一語】請大家用更寬容的態度面對改編電影。拜託，謝謝。

小看它保證身首異處《HK瘋狂假面》

我寫的小說陸續被改編成電影，連帶讓我也有了更多認識演員的機會。「是那個誰演的耶，那也來看一下好了」，於是我也多了一些觀賞過去遺漏沒看的電影的機會。

在這種情況下看的片子當中，有一部在二〇一三上半年閃亮登場的電影——《HK瘋狂假面》。

主角是之前在《阪急電車》中飾演翔子（中谷美紀）未婚夫的鈴木亮平。這部片子是他第一部主演的電影。鈴木所飾演的主角，是個會把女生的內褲罩在臉上，然後變身成超級英雄「瘋狂假面」的高中男生。

我在電影院裡一面擔心著自己能否跟得上這樣跳痛的劇情設定，一面終於把它給看完了，結論是，超好看的。

罩上女生的內褲，發出奇怪的叫聲，然後再脫光衣服，變身成一個只穿著一件內褲的肌肉男。做這種事當然應該判他出局。根本就是個變態。然而，主角並未墮落成一個真正的怪胎。

他掙扎著自己的變態行為，擔心著萬一喜歡的女孩知道這個祕密該怎麼辦，可是他實在看不過去發生在眼前的犯罪行為，只好鼓起勇氣，罩上了內褲。在他的心裡面，存在著所有正常高中生都會遇到的煩惱。起初螢幕上古怪的畫面把我搞得瞠目結舌，可是在不知不覺中，我卻開始與他那單純的想法產生了認同感。能夠讓觀眾跟一個「變態」產生認同，是何等高超的演技啊！

鈴木說，他必須想像「瘋狂假面真的存在」，才可能融入這個角色。可見他是多麼地費盡心思，否則怎麼可能融入這個角色的心境，擺出瘋狂假面獨特的招牌動作？不把怪胎梗視為單純的搞笑，而是為他注入真實的生命；要想不被怪異的劇情設定所干擾，而又能夠認真去揣摩角色，這絕對是不可或缺的演員心態。

而且，要想為怪異的「瘋狂假面」注入生命，將他表現成一個活生生的人，這顯然是個極大的挑戰。然而身為演員的鈴木亮平，卻打了一場漂亮的勝仗。他讓我真正見識到了「表演」的極限。（值得一提的還有扮演「瘋狂假面」的對手，「冒牌瘋狂假面」的安田顯。他也讓我見識到幾乎可能危及他個人聲譽的，極度精湛的變態演技。觀看時，我真恨不得頒發最佳變態男配角獎給他。）

好一部教人意外的變態喜劇電影。但是，它的好笑其實來自演員那股好比舉起真刀衝鋒陷陣的氣魄。所以，誰若小看了這部電影，我敢保證，肯定會被一刀下去，身首異處。

其實我也被這樣警告過。

二〇一三年十月

【回顧一語】 我最愛認真耍蠢的演員。這種演員也最靠得住。所以電影裡的堂上教官毫不猶豫地接下了枚方公園的代言人洗喇叭哥（ひらパー兄さん），真是了不起。

倒是電影《圖書館戰爭2：最後任務》和枚方公園的合作案，把電影海報的廣告詞「堅守到底，無論幾次」改成了「一定要去，無論幾次」也是一絕。搞笑作品就是要這樣！

©Yumi Hoshino

※ 一段老弟挑戰的回憶

變態假面
男用三角褲兩邊交叉掛到脖子上……

姊，我跨過一邊了！

啊哈哈哈哈
嘻——
嘻嘻嘻

咚咚

呃啊
呃

童心未泯是很有趣，卻沒想到竟然會被拍成真人電影
更沒想到有川老師給了這麼高的評價……我要來去租ＤＶＤ！

貧民窟的流浪狗與百萬富翁

三野文太對著來賓逼問：「這是你最後的答案（Final Answer）嗎？」的那個熱門節目。後來在部落格等處，「這是Final Answar」的問答還因此流行過好一陣子。

這節目是《百萬大富翁》。

據說它是個紅遍全球八十個國家的長壽人氣節目。

一個只要答對了四選一的謎題，就能不斷累積獎金，成為「百萬富翁」，充滿了資本主義神話的，世界上獎金最高的益智問答秀。

在一個類似的印度節目裡，出現了一位來自貧民窟的年輕人。不久之後，他可能繼續維持「貧民窟的流浪狗」（slumdog）的現狀，也可能搖身一變成為一個「百萬富翁」（millionaire）——這部電影的名字就叫《貧民百萬富翁》（Slumdog Millionaire）。

這位和百萬富翁近在咫尺的年輕人會有怎麼樣的命運呢？多麼引人矚目的情節，可是沒想到……

這卻是一部滿是泥土腥味的電影。劇情如此，畫面也是如此。處處瀰漫著塵土的氣味。當塵土飛揚的畫面出現時，感覺好像會給塵埃給嗆到。在回憶童年的情節裡，更會因為想起糞坑的臭氣而不覺作嘔。

在這樣一部泥土腥味滿天飛的影片裡，年輕人並不是個英雄人物。他既不帥酷，也不強悍。更沒有令人亮眼的足智多謀。不過是在隨波逐流、苟延殘喘罷了。就算哪天他橫死街頭，也不會有人覺得意外。就算他今天就失去了生命，世界也不會有絲毫的改變，依舊照常運作。

要說英雄的資質，不如說他的哥哥具備得還更多。哥哥擁有頑強的生命力，為了生存而表現得貪婪、強勢。儘管有時顯得傲慢，但是那股傲氣卻是求生的象徵。從小保護著弟弟，讓弟弟苟活至今的哥哥，遠比弟弟更適合擔任主角。要是沒有這樣的哥哥，弟弟恐怕在轉眼之間就會被世界給啃噬到屍骨無存吧。

就娛樂作品的常識來看，年輕人不過是個「毫不起眼的路人甲」。

如果說哥哥是隻凶猛的流浪狗，他就是隻喪家犬。

然而，這部電影的主角終究還是這位「毫不起眼的路人甲」和喪家犬的年輕人。只因為他緊抓著一個天真的想法，而獲得了主角的地位。只要不放下這個想法，即使遭遇再多的困難險阻，他也絕對不可能「輕言放棄」。
於是他開始為著成為百萬富翁而焦慮了。
一隻貧民窟的流浪狗為什麼會想成為百萬富翁呢？我想還是交給讀者親自透過這部電影去了解他那美麗的動機……然後，也請務必在回家之前買一份它的電影簡介。
問題是，怎麼可以在簡介上把那個動機寫出來哪！工作人員還不給我好好反省！
二〇〇九年五月

【回顧一語】沒想到在簡介上大膽破梗的電影還真多。
這是一個表現得極為沉穩的故事，但我還是深深佩服印度電影竟然也能觸及這樣的主題。

寫在高畑勳導演《清秀佳人》電影版上映之前

加入了聲音，感覺變得好強烈——

這句話說的是主角安妮・雪麗。

愛幻想又愛說話的安妮，在乘坐馬車的路上對著馬修滔滔不絕的那段開頭，是全劇的壓軸。話題東跳西跳，沒完沒了地不知何時方休，安妮只是自顧自地舌粲蓮花，完全無視於馬修的反應。

透過文字閱讀原作的時候，我從沒想過，安妮大量的台詞一旦轉換成了聲音，簡直可比一具機關槍。這是安妮自己說的，身邊的大人至少說過她一萬遍了，說她真是「聒噪」。真的，聽在大人的耳裡確實難耐。何況安妮的措辭和語調的抑揚頓挫，在在都誇張到教人渾身發癢。

「可是我，會不會跟您說太多了呀？」

喔，還好，原來安妮有自知之明。「只要您一句話，我是可以不說的喲。只要下定決心，我一定可以停住的，雖然需要費點力氣。」真是精神可嘉。

換作別人，恐怕真的會立刻叫她住嘴，可是生性沉默的馬修・卡斯伯特，大概因為本身木訥寡言，對於旁人的喋喋不休特別有耐性。他大方地接受了安妮繼續說個不停。

得到了馬修的許可，一度加速掃射的機關槍卻戛然而止。「啊——卡斯伯特先生！卡斯伯特先生！卡斯伯特先生！」安妮的叫聲裡充滿了感動。因為馬車來到了一段開滿蘋果花的林蔭隧道。值得一提的是，叫聲完全忠於原作重複了三次。

穿過了盛開著蘋果花的白色隧道後，安妮沉默不語。這段無語的時間，因為之前的機關槍掃射而更顯得寧靜安詳。

安妮沉默的時間出奇的久，於是馬修開始擔心，便開口說話了，可是此時此刻蘋果樹的美景早已佔據了安妮的整顆心，讓她感動到失去了聲音。

一長串的滔滔不絕突然轉為一段久久的沉默，前後的對比，正好鮮明地凸顯出安妮情感豐富的一面。

終於安妮來到了卡斯伯特兄妹居住的綠山牆。原本應該收養男孩，卻來了個女孩，無奈只好先把她帶回家——和這位帶著安妮回來的優柔寡斷的哥哥不同，瑪莉拉是一個絕對的現實主義者。「不是說好要男孩，怎麼來的是女孩子咧？」瑪莉拉劈頭便對著安妮說出了馬修一直說不出口的事實。

可是安妮也不示弱。

「你們不要我是吧！因為我不是男孩，所以你們不要我了是吧！」她毫不掩飾地怨嘆著，隨後放聲大哭。

安妮瞬間跌落絕望的谷底，然而她那誇張的悲嘆身影，卻讓我隱約看見了她沉湎於悲劇中的游刃有餘。當然，安妮肯定是傷心欲絕的，但是我卻感覺當中存在著幾分陶醉在這場悲劇的氛圍。

小時候看這部世界名著動畫的時候，我並沒有留意到這一點。當年只是心疼地旁觀著安妮的前途茫茫。而我之所以會留意到，是因為如今我是站在大人的立場看安妮。看到安妮其實有點享受著淚崩中的自己。

實際上，經過一夜悲劇之後，第二天早上她重新振作：「既然我還在這個家裡，就該好好享受這個家的生活。」轉變速度之快，連記憶金屬都自嘆不如。

或許用這種陶醉的心態面對自己遭遇的不幸，正是安妮的處世之道。盡情地沉湎在今晚的悲劇，只是為了能更爽快地切換到明天。安妮把自己變成一個陶醉在悲劇中的女明星，其實是為了消化自己不幸的宿命。如果就此誠實地面對了內心的傷痛，面對了自己遭遇的不幸，像安妮這樣情感豐富的孩子，肯定是很難好好活下去的。

我也是在長大後重新回顧《清秀佳人》，才發現故事中其實充滿了現實的辛酸。卡斯伯特兄妹收養孤兒並不是因為他們特別有愛心，而是因為上了年紀的馬修需要農事的幫手，想找個孤兒來補足家裡需要的勞力。而與勞力對價的，則是扶養的義務，說穿了不過是Give and Take、利益交換的價值觀。除此之外，也顯示出當時社會上普遍存在著對於孤兒的歧視，把領養孤兒視同「那邊不要的就給這邊」的交易商品，人人都有權利做出如此令人驚訝的粗暴行為。

不過在當時的時空背景下，這是常態。我們不該用二十一世紀的眼光去批判它。若真要批判，現代又何嘗沒有需要批判的地方。世界並不是一顆糖果。其中必定存在某些我們不願正視的苦澀。儘管現在的日本已經沒有人把孤兒視為勞力交易的商品了，但是取而代之的卻是其他形形色色的內心掙扎。

社會是不平等而且殘酷的。即便運動會時，大家可以手牽著手排成一列，一齊衝向終點，社會上無理、不公的現實卻並未因此而出現任何的改變。隱瞞痛苦的現實就好比騙人社會是糖果一樣的罪孽深重。然而，就算趕在孩子成年之前，先讓他們了解「其實社會比秋刀魚內臟的味道還苦」，這又教孩子該如何面對未來的人生！

安妮清楚記得幾年前她唯一吃過的那顆巧克力糖的甜美。反觀現在，擁有吃不完的糖果的我們，又有誰擁有像安妮這般值得反覆回味的幸福呢？

安妮被瑪莉拉帶離了綠山牆，她朝著昨天晚上給它取了名字，叫做「白雪女王」的櫻花樹揮手喊道，「再見了，白雪女王殿下！」這時候，我再也無法為她如演戲一般的誇大叫聲而苦笑了。

路上安妮訴說著她不幸的身世，我聽得心裡好苦。幼年時父母雙亡，從一個親戚家被送到另一個親戚家地輾轉遷移，最後終於來到了孤兒院，卻因為額滿而無法收留她。

「親戚們對妳好嗎？」瑪莉拉問。安妮困惑地歪著頭。

「他們都想對我好。我知道他們一定都很想盡力對我好，把我照顧好的。」

長大後再次聽到這句話，我的眼珠忍不住開始發熱。這句話代表著年幼的安妮對於大人們無心之過的寬容。

「只要我決心快樂，我隨時都可以快樂起來！」想像著開心地說出這句話的安妮，身為讀者的我，不禁握起了雙手，祈禱安妮一定要幸福。也祈求絕對的現實主義者瑪莉拉，請無論如何要好好善待她。

故事最後，安妮終於重新回到了綠山牆。

我心裡想著：「好想看續集喲。」對我這個已經看過原作的人來說，這部《清秀佳人通往綠山牆之路》可以說是見好就收的。未來，安妮還會遇到很多很多的人和事。知心的朋友、蓬蓬袖的衣裳，還有嘲笑安妮是紅蘿蔔的少年。

即使如今我已經是個成人了，我還是希望能夠再度看到這位「有雙溜溜轉的大眼睛和乾癟身形的女孩」長大後美麗聰慧的模樣。相信安妮天生豐富的情感還會繼續帶給現代的我們更多更多的領悟。

不過呢，在續集上映之前我已經迫不及待了，只好先來重讀原作。

二〇一〇年七月

【回顧一語】會接下這篇稿約當然是因為這是我喜歡的作品，不過邀稿的張數還真多，可真是苦了我。但是，我也因此能夠再一次面對這本懷念的好書。

感覺情慾的瞬間

他們在戰場上相遇。

灰頭土臉、囚首垢面的無情戰場。

她和男性士兵一樣是髒兮兮的模樣。參與了戰事。

墜入情海只在一瞬之間。但是戰場上是不容許男女之間彼此吸引還能按部就班又慢條斯理的。

營舍是一座古舊的教堂。不分男女的大通鋪。沒有床鋪那樣的奢侈品，只是裹上一條跳蚤、虱子聚集的薄毛毯，死人一般地橫陳在地。

那天晚上，他緊鄰著她。彼此知道對方還沒睡著。

於是轉身面對面，用適應了黑暗的眼睛望向對方。這是暗號。

雙唇交疊。就在接觸的瞬間，立刻變成了飢渴的熱吻。

——說不定明天對方就不在了。可能是她。可能是他。

他們只有當下此刻的這一夜。

屏住呼吸，迫不及待地解開了彼此的腰帶。打探之下，她那兒正以濕潤和熱度迎接著他手指的光臨。

不可以被周圍發現。不能改變姿勢。就這麼面對面地進入。她緊緊擁抱著。彼此的呼吸是炙熱的。

快。快點。儘管夜已深沉，戰事隨時爆發也不足為奇。在被打斷之前。

磨蹭似地前後擺動著腰際。死命地忍著往裡頭頂的衝動。衝動起來，會撞到背後睡著的士兵。

禁不住地呼吸急促。她也是。

終於，從她的喉嚨裡微微地流洩出隱忍的聲音。擁抱的力道更強烈。

幾乎在同一個時間，他也抵達了勝境。

*

這是我最近幾年在電影裡看過最情慾的一幕戲。憑著記憶，我把《大敵當前》（Enemy

at the gates）中的床戲寫成了文字。

這對男女未來的命運如何，請讀者用自己的眼睛去確認。這段文字只是我記憶中的印象，應該不至於破梗。重點是，實際的畫面完美地詮釋了情慾的內涵，請務必親臨觀賞。

不過呢，既然把談論成人性事的特刊直接了當地命名為情慾特刊，我就不避諱地和編輯聊起了激情的話題——就在大白天的一家咖啡廳裡。感覺我們似乎拋棄了很多難以言喻的東西。

「倒是《大敵當前》裡的床戲超情慾的。個人見解，光是這段床戲就值得去戲院看這部電影了。我從沒看過比它更激情的床戲。」

「是喔！怎麼個激情法？」

於是我很興奮地把前面那段故事描述了一遍。說完，編輯希望我能把它寫成一篇隨筆，而我則是在心裡盤算，與其叨叨絮絮地說一長串，不如直接剪下這段床戲，寫成小說的形式還來得俐落簡潔，然後就寫成了前面那段故事。

我覺得要讓女性生起情慾的感受，關鍵其實挺微妙的。首先不可以是為了性而性。最重要的是過程或者當時的狀況，也就是週邊的情境。

就以這部《大敵當前》來說吧。要說是哪裡讓我感覺被激起了情慾，第一點就是戰場。

一個無法保證還有明天的環境。在這樣的情境下，出現了一對相戀的男女。彼此都知道郎有情、妹有意，卻一再地隱忍，一再地隱忍內心的情意——然後終於等到了那一夜的來臨。

我不記得他們是否彼此告白過，或者只是出於偶然。只記得，他和她先是比鄰而後轉身面對面躺著。光是這樣我就知道：「啊，他們完成夙願的機會來了。」

為了不讓周圍的人發現，他們屏住呼吸、壓低聲音。為了能夠勉強結合，他們彼此摩蹭著身體。特別是男方（裘德洛）那種迫切的動作和喘息，真是性感到了極點！

如果冷靜地看待這樣的狀態，這一點也稱不上是羅曼蒂克。營舍裡的大通鋪上，擠著一群髒兮兮又累斃了的士兵。那擔心吵醒同儕又拚命擺動著腰際的模樣，甚至是滑稽可笑的。但是，他們無暇顧慮自己滑稽可笑的模樣，死命想和對方結合的鮮活感，反而更凸顯出這場交流無比的感性。

因為他們無法保證能有明天，就算苟活到明天，也難保再度擁有同樣的夜晚，情慾所需要的正是這種絕妙的情境。

當然，這畢竟是電影營造出來的特殊而又戲劇化的情境。

然而，應該可以說，在我們的日常生活中，其實情慾也是隨處可見的吧。

譬如當某人愛上了某人。這表示情慾已經開始了。

他會愛上我嗎？會想起我嗎？對方的一舉手一投足都可能帶給自己興奮或者失落，這種感覺就是一種情慾了。

這裡我要大膽地開啟一個一般被認為最好不要輕易打開的盒子，那就是，其實女生和男生一樣也是有慾望的。當然。

一旦感覺契合，女生會想牽手，牽了手之後會想接吻，從輕輕的一吻進入深度的熱吻，然後會希望被撫摸，直到最後。

如果對方真的是自己心愛的男生，這樣不是很自然的嘛。就像男生會想撫摸女生一樣，女生也會想被男生撫摸。被心愛的男生撫摸很舒服的，當然。也會想讓男生舒服，這也是很自然的事。

不過，只是放任自己的慾望，一味往前衝的男生，女生一定是敬謝不敏的。因為對女生來說，一步一步地來很重要。因為唯有懂得珍惜戀愛的每一個階段的人，才可能讓女生培養出愛的感覺。也才會覺得，我願意跟著這個人走。但願所有的男性朋友切記這一點。

性愛不單只是一種慾望，更是戀愛的經營。所以女生總會希望男生要懂得珍惜，要溫柔地對待。即使結了婚，只要在夫妻生活裡保持著為對方著想的初衷，婚姻不過是形式上成為夫妻，實質上還是在持續著戀愛的關係。

然後，我覺得戀愛——情慾，不論經歷過多少次，它總會重新回到初戀的感覺。因為世界上根本不存在一模一樣的戀愛形式。

我剛才寫說一步一步地來很重要，但是有的戀愛是從一時的衝動的性愛開始的。即使如此，只要認真去面對，而不是任憑它自生自滅，應該還會是一段美好的戀情。即使是一夜情，如果心裡始終念念不忘，應該也可以——雖然可能愛得很苦，但終究是一段戀情。也許是段苦戀。可是情慾仍舊存在其中。

正因為世界上不存在一模一樣的戀愛形式，不論談過多少次，每一次戀情都是初戀，所以我想情慾也和戀愛一樣，是不可能厭倦的。無論牽手、接吻、做愛，永遠都是第一次。和現在所愛的人一定是第一次。

而在這當中，性愛是一種最本能的行為，也正因如此，彼此會是最沒有防備的。愈是沒有防備的關係，又愈有容易產生情慾的感受。

就算動作一成不變，還是可以從心愛的人身上感受到自己的情慾的。

也許情慾可以單獨存在。但是缺少了情慾的戀愛卻是不存在的。即使是柏拉圖式的關係，戀愛的感覺本身就是一種情慾。至少我這麼認為。

所以我特別喜歡這種和戀愛共存的情慾。特別喜歡戀愛中的人。表現得害羞、不安、抗拒，甚或積極——墜入戀愛情慾裡的人，是那樣的可愛和性感。

但願所有戀愛中的人，都能和你心愛的人好好品嚐美好的情慾滋味。

然後——記得，一定要記得，在找到最終的戀情以前，跌倒了也不可以認輸！這是想談戀愛的人和自己的約定！

二〇〇八年五月

【回顧一語】這篇是來自《野性時代》情慾特刊的邀稿。要我寫一篇「情慾隨筆」，可真是苦死我也。結果沒被退稿，表示這個課題我已經順利過關了。

心愛的人、事、地、物

兒玉清先生

要說在我心目中最了不起的大叔，我想無非就是兒玉清先生了。

第一次見到他本人，是為了雜誌的訪談。是兒玉先生指名要由我擔任他訪談的對象的。當時適逢《阪急電車》出版，他說想以《阪急電車》這本書作為主題和我面對面聊一聊。

我老早知道兒玉先生是個愛書人，不過壓根想都沒想過，他竟然會連當時不成氣候如我的書也讀。我原本就是他的粉絲，所以感覺非常榮幸，但是同時，也非常的受寵若驚。

倒是在訪談當天，還發生了一件更教我驚訝的事。挺拔地出現在訪談會場的兒玉先生，拿出了兩本我的書說：「不好意思，可以請妳簽名嗎？」

一本是《阪急電車》，另一本是《圖書館革命》——「圖書館戰爭」系列的完結篇。

這人讀了《圖書館戰爭》？我驚訝到無語地看著兒玉先生。因為《圖書館戰爭》談的是圖書館的武裝戰鬥，是我的小說當中最稀奇古怪的一部作品。

而且，既然是完結篇，表示他不是為了這次訪談而試讀了第一本，而是持續地閱讀了這整部系列小說。

事實上，不僅《阪急電車》，兒玉先生甚至曾經四處打探過「圖書館戰爭」系列。他居然覺得這一部我胡思亂想出來的小說很好看，這位大叔真是太讚了啦！這讓我更加欣賞兒玉先生了。

最後一次見到他的時候，儘管人消瘦了不少，他仍舊拖著一只行李箱來，裡頭裝了十來本他所擁有的我寫的書。「沒辦法把全部都帶來，只帶了這些。」他遺憾地笑道。

當下，我為他帶來的每一本書簽上了我的名字。

這樣的兒玉先生，最中意的一本是《三個歐吉桑》。

主角是三個年屆六十的大叔，因為退休後閒著也是閒著，三人開始在地方上夜間巡邏的故事。

我之所以會想寫下它，是因為我原本就很欣賞帥氣的大叔和阿公，也因為「現在的老人家好有精神喔」的突然一念。

在過去，說到六十歲，人們的印象都是阿公阿嬤，但是現在的六十歲，根本還是大叔大嬸。無論外表或感覺，都是年輕又有活力的。

既然這樣有活力，我希望他們即使退休了，也能繼續對社會有所貢獻。遺憾的是，現今的日本已經沒什麼活力了，而我們卻要他們就此隱退，真是沒有道理。我希望他們能夠把自己過去累積的知識和經驗，為社會注入新的活力。它就是這樣一本充滿期待的小說。

過去，出現在我小說裡的帥氣大叔和阿公都只是配角，所以我也期許自己，有一天一定要寫出一本把這個世代放在正中間的作品。

《三個歐吉桑》後來托大家的福，備受好評，所以我又寫了一本續篇。

在第一本中，敘述的是三個為了改變周遭環境的大叔；在續篇裡，我則是想著，讓他們稍微回想一下自己的過去好了，於是也加入了幾位和他們年紀相仿，但不是那麼盡如人意的大叔。

「現在的年輕人哪……」據說這句話從平安時代就有人說過，可是現在，卻出現了許多會讓人不禁想說「現在的老人家呀……」的中老年人。

在電車上，最近，我常遇到講手機的大叔。而且──

「啊，就是上次開會談的事兒啊！」

「這次協商的結果如何？」

聲量是那種周圍的人連他從事哪方面的工作都能一清二楚的響亮。

還有，走路時抽菸的大叔。比起年輕人，這種行為尤其以中老年人占絕大多數。走路抽菸之所以惹人嫌棄，聽說是因為當吸菸者夾著香菸走路的時候，香菸火頭的高度正好相當於小孩眼睛的高度。

當我寫出了不盡人意的大叔以後，立刻收到了許多說「對呀對呀」的年輕人迴響。看來留意到這類大叔的，不是只有我而已。

不過呢，我想透過這本書表達的，並不是「這種大人真糟糕」，而是「我們希望年長者都是值得我們尊敬的大人」這樣的年輕人心聲。

曾經有個學校的老師跟我說：「有時候我會想，會不會是因為孩子們其實很期待有人能夠來教訓自己一下。」我想，說不定真的是這樣。

記得很久以前有個電視節目，在街頭採訪「最近你遇到了哪些事？」然後有個高中女生回答說：

「昨天我在學校被老師臭罵了一頓！」

「可是呢~那其實是我自己不好啦！是我自己做了不對的事！」接著她滿不在乎地笑著這麼說。

我猜想，那八成是一位讓學生們害怕，卻又非常信任的老師。因為如果那位老師是個不講道理又老奸巨猾，不值得尊敬的大人，這位高中女生的反應應該不會是這個樣子的。回想自己的童年就知道，被一個不值得尊敬的大人責罵，孩子的感受只會想要反抗。

所以「很期待有人能夠來教訓自己一下」這句話也許不夠完整，正確應該說：「很期待有值得自己尊敬的大人能夠來教訓自己一下。」

不只是那個高中女生，或許所有的年輕人都期待年長者是個值得尊敬的大人。

幾天前，我在藥局遇到了一位超棒的阿嬤。我在等候區等著領取處方藥的時候，這位阿嬤的手機突然響起。因為她接電話說「喂～」的聲音有點大，等候區的人立刻望向阿嬤。然後，阿嬤很不好意思地跟大家點頭致歉，並且從座位上站起來，輕聲地走到外頭去。其實等候區並沒有規定不可以接聽電話。當下我覺得這位阿嬤真是了不起。

遇到這種懂得顧慮他人感受的年長者，是件非常令人開心的事。因為他讓我們看到了自己所嚮往的未來身影。

每一個人都會年老。就連昨天剛出生的小嬰兒，有一天也會變成阿公阿嬤的。正因為大家都希望變成一個了不起的人，所以才會希望比自己年長的人能夠活得帥氣。因為每一個人都希望看到「我以後也要像他一樣」的典範。

除了兒玉先生，我還遇過許許多多了不起的長者。譬如在我的故鄉，在高知遇到的那位河川漁夫和他的夫人，在為《來觀光吧！縣廳款待課》出外景時，充當嚮導的那位計程車司機，還有自衛官。他們每一個人的年紀和職業都不一樣。而因為那位河川漁夫實在是太了不起了，所以我把他當作故事人物的參考，寫進了小說《空之中》裡。

從我這樣年紀的晚輩來看，讓人感覺了不起的人有幾個共通點。

第一，具有旺盛的好奇心。訪談的時候，兒玉先生明明比我年長得多，知識也淵博得多，可是他卻像個孩子一樣，不斷地向後生晚輩的我請教問題。

會向比自己年輕的人「請問」自己不懂的問題，毫無疑問的，這個人一定非常了不起。兒玉先生甚至稱呼曾經和他同台演出的福山雅治為「我的老師」。

第二，擁有豐富的想像力。我非常尊敬的河川漁夫和計程車司機，都是永遠埋頭想像著「如何才能帶給對方快樂」的人。

而且，奇妙的是，同時具備這兩點的人，無一例外的，他們都特別勤快。凡是感覺興趣的事，他們一定會無所畏懼地衝向前去。

在這樣的人身邊，必定圍繞著許多仰慕他們的年輕人。

今天是敬老節，我想如果能夠藉著這個機會，讓年長者知道，其實年輕人只是希望遇到值得尊敬的長者。

如果，您也能夠讓我們看到，我們所嚮往的未來身影，那就再好不過了。

二〇一一年九月

【回顧一語】文中我說「最後一次見到他的時候」，無巧不巧就在東日本大地震發生的當天。地點是角川書店的會客室，當時我們正在為文庫版的《圖書館戰爭》進行訪談。

起初的搖晃，讓每個人都感受到了它的「強烈」，但是兒玉先生卻沒有停止說話，於是大家就當作沒發生地震似地繼續交談。向來為人穩重又細膩的兒玉先生，當時說話的方式是難得一見的興奮。那種興奮，讓我和訪談的主持人吉田大助先生都覺得有點咄咄逼人的味道。

那是一種「今天我非得把我想問的問題全部問完不可」的，緊抓不放的感覺。或許，兒玉先生其實是想「今天我非得把我想說的話全都說出來不可」也說不定。

終於，地震的強度再也不是能夠當作沒發生的程度了，當下我心頭一橫：「看來，這已經超出了我們可以當作沒發生的程度囉。」然後兒玉先生就像回過神來似的說：「是啊，還真不小呢。」接著他問在場的工作人員：「你們還好嗎？」隨後大家便開始聯絡各自的家人和朋友，兒玉先生也撥了電話回家。

可是，在等待地震完全停止之前，訪談仍舊照常進行。因為兒玉先生不打算就此延期。

直到錄音設備關閉，兒玉先生才放鬆地露出了微笑。也就在這個時候，他把書從行李箱裡拿了出來。

因為他還要趕去錄ＮＨＫ的節目，隨後便拖著我的簽名書，匆忙離開了現場。不過，後來混亂的狀況，其實是很難趕到ＮＨＫ的。

事後我才想到，當時應該挽留他的。可以想見後續的工作一定會順延，真希望能再多跟他相處一會兒。真不該就那麼目送他走入混亂的街上。

聽到他過世的消息，是在短短幾個月之後的事。當時我才恍然大悟，原來他是想把他最最寶貴的時間留給我。也把他寶貴的時間用在《阪急電車》的文庫本導讀上。

直到現在，我依舊心存感激，他居然會為了一個社會上許多人瞧都懶得瞧一眼的後生晚輩如此地付出。我一輩子不會忘記。是他給了我一輩子需要的勇氣。

訪談到最後，吉田大助先生突然問我：「有川小姐，今天妳不是有些話想對兒玉先生說嗎？」當時地震的搖晃已經把我嚇到恍神了，幸虧吉田先生的提醒，讓我能夠說出我想說的話。

「《圖書館戰爭》裡的稻嶺司令，其實是參考兒玉先生您的印象所寫的。」我說。

兒玉先生當場瞠目結舌地說：「嗯，真的嗎？」然後一直害羞地說：「唉呀，這怎麼好意思哪。」

能夠說出心裡的話感覺真好。也真的很謝謝吉田先生的即時提醒。

後來，兒玉先生以他生前的照片參與了電影《圖書館戰爭》的演出，擔任稻嶺和市一角。期待有一天在彼岸相見的時候，能以這件事為話題，和他開懷暢談。

寫給湊佳苗的回信

佳苗

謝謝妳的祝福電話&恭喜佳苗的《往復書簡》出版了。

藉著這個機會，我想跟妳坦白一件事。第一次讀到佳苗的《告白》時，那種說書式的筆法其實讓我不寒而慄，覺得「真是活見鬼了！」後來又覺得：「我不要輸給這個剛出道的新人～」因為湊佳苗剛出道的時候，我立刻將其認定是個近乎異類的實力派作家：「我跟她的才氣差太遠了，根本不可能比得上！」難得妳那麼推崇我，認為我是個勇氣十足的好女人，讓妳失望了，對不起！

所以，當我知道妳指名找我訪談的時候，我第一個反應是大吃一驚，沒想到湊佳苗竟然知道我。不過同時我也超開心的，感覺超榮幸。而後我們就正式變成朋友了。

佳苗的個性穩重又懂得分寸，整個人洋溢著溫柔和藹的氣質。但是如果有人問起妳，我會回答說：「可不要因為人家可愛，就以為她好欺負喔。」和佳苗聊天，我總會被妳的思路整合速度之快給嚇破膽。而且我明白，在妳那優異的思辯能力背後，一定存在著某種堅定不移的信念支撐著。外表上妳纖細嬌柔又長得漂亮，可是像妳這樣有主見的女人恐怕打著燈籠也難找到。妳絕不容許自己絲毫的馬虎。

「這個人只要施點壓力，就會乖乖就範」——講起來有些悲哀，不只是身為作家的湊佳苗，像佳苗這樣氣質優雅的女性，肯定從小就被眾人如此的期待給糾纏著。正因為如此，打第一次見面，我就開始擔心了。因為懷抱期待而接近我們的人，總有一天會因為期待落空而大發雷霆的。我心裡想，說不定佳苗在這個業界裡，也常被類似的期待給擺布著。

所以當我們逐漸熟識了，我第一個跟妳說的就是「不論工作上遇到什麼不合理的要求，妳是可以生氣的。」我永遠忘不了當時妳那張恍然大悟的表情。每每想到在認識我之前，佳苗一定忍受了許多無理的要求，就會覺得好心疼。因為要是沒有作家的朋友，妳大概到現在也還不知道，原來自己是可以對不合理的要求表達抗議的。

不過，幸好我即時趕上了，真好。能夠在作家湊佳苗被擊垮之前認識妳，真好。雖然我不是什麼了不起的作家，但是我很得意自己為出版界盡了心力，能在湊佳苗因為過度的忍讓而被折損之前，讓她明白「要跟不合理奮戰到底！」

而且，認識佳苗其實對我也是一次救贖。作家這個行業有些時候難免必須為了金錢而被迫與人做些額外的抵抗，但是因為有佳苗在，讓我知道「奮戰的並不只有我一個人」，我才能夠重新振作起來。

當初因為覺得佳苗是異類而嚇到腿軟的我，現在妳卻說我是妳的戰友，心裡其實怪不好意思的，但是我決定虛心接受啦。為彼此的勝利禱告！

不過，用書信表達心意，還真是件教人害羞的事。《往復書簡》的第三段故事，〈十五年後的補習〉裡的兩個人不正是這樣的感覺嗎？沒想到我居然會因為這些書信的往來，而演出了同樣的戲碼。

可是，不打電話、不寫電郵，偶而用筆寫信也是挺不錯的。這樣好像更容易表達出心裡的感受。

就近找個時間出來喝兩杯吧。到時候就不寫信了，我會直接打電話。誰教這封信害羞的程度已經超過了我的極限！

來自戰友的激勵。（還受得了嗎？）——有川　浩

二〇一〇年十月

【回顧一語】因為佳苗的提議，我們配合彼此的新書出版，開始了書信往來。不過我準備的信封信紙組發生了一小段插曲。據佳苗說：

「其實我也看上了那套信封信紙組耶！兩種款式挑選了半天，一直下不了決心，差點就買到了跟妳同款的！」明明兩人是分別在不同的店家裡挑選的，如此有默契不禁令我莞爾。

我們也同樣都擔心著會不會一再寫壞，而把信紙給用完了。但是，這個提議真的很棒，讓我憶起了好久以前用筆寫信的感覺。

直到現在，我們還是會利用工作的餘暇相約見面。

最後的（還受得了嗎？）是出自《往復書簡》（幻冬社文庫）裡的典故。敬請搭配典故的出處一併觀賞。

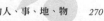

體育運動　我的精彩片段回顧

縱使我和運動沒有什麼緣分，至少我也常欣賞花式滑冰。

女子單人、男子單人、雙人滑冰、冰上舞蹈，每一個項目都有許多值得一看的選手吧，不過多年來最讓我印象深刻的，卻是中國的申雪和趙宏博的雙人滑冰。

要說為什麼，因為好看哪。

在我剛開始看花式滑冰的時候，這支雙人組隊伍從來沒有站上過頒獎台的第一和第二名位置。但他們卻總有辦法擠進前三名。

要說他們究竟是如何擠進去的，我想是因為他們有著其他國家永遠學不來的神力。不論是擲、跳、拋、舉，所有的技巧他們從不容許其他國家的隊伍跟進。

而且作為雙人滑冰中的女性選手，申雪是不算嬌小的一六六ＣＭ，趙宏博則約一七五左右。這樣的組合，靠的就是——力氣！連轉播的解說員都說：「如果單就體能來說，他們絕對是舉世無雙的。可惜呀！這要是能更加具藝術性就好了！」欸～這算哪門子花式滑冰講評？總之啦，這些年來他們的比賽有說不完的趣事。

儘管是永遠的第三名，我還是最愛他們兩位，後來我還真的把他們的表現視為一種藝術了，連眼睛都捨不得眨一下。而且他們的神力始終未減，還在大獎賽中蟬聯了冠軍，讓我直呼過癮。

而後，到了杜林冬季奧運。

賽前傳說趙宏博受了重傷，恐怕趕不上這場賽事。我非常意外。陣容堅強的日本隊當然也很好看，可我最期待的隊伍還是你們耶！

沒想到一說曹操——趙宏博居然就到了！只不過高興歸高興，我還是忍不住說了一句——真是吊足了我的胃口耶你們！（其實並不是，而是因為我聽到的傳言都說趙的傷勢無法參加杜林冬奧。）

可是出場的趙宏博，雙頰消瘦，瘦到令人心酸，看上去根本不是可以參賽的狀態。唉，光是看到這個情景，眼淚忍不住就掉下來了。夠了，你們能夠出場我就心滿意足了，謝謝你們……

一般來說，感動的眼淚應該就到此為止了。

然而，儘管出現了幾次的差錯，他們倆竟然漂亮地完成了比賽——

而且還登上了頒獎台的第三名位置！怎麼可能？你們莫非是外星來的嗎？

最後荒川靜香選手揮舞太陽旗的優勝繞場就用不著我說了，成功上升排名的村主選手的個人表現也教我喜極而泣。但是，在這次杜林的花式滑冰賽裡，第一個讓我流下眼淚的，還是申雪和趙宏博這支雙人隊伍奪下的第三名。

二〇〇六年九月

【回顧一語】我覺得中國在體育運動方面，真是個公平競爭而且值得信賴的國家。

光輝亮眼的麵食

話說文字燒和大阪燒之爭，可以回溯至古早的江戶時代。

抱歉，這是我隨口亂說的。

關東和關西文化上的對立極多，其中尤以麵食的爭議最是劇烈。

「文字燒？頭殼壞去才會愛吃那種噁心的東西！」

關西人說話向來狠毒。不過呢，其實以前我也是半斤八兩，常把「哼，什麼文字燒！」掛在嘴邊。

僅在此為我自己的過去致上深深歉意。

後來我之所以對文字燒另眼相看，是因為漫畫隨筆中《散步大王》（暫譯，おさんぽ大王，須藤真澄／ENTERBRAIN）。特別愛吃文字燒的須藤女士，在這本漫畫裡介紹了東京市郊的道地文字燒店。

「哆哆哆哆哆哆哆」地倒入湯汁，「唰唰唰唰唰唰唰」地攪拌，「嘶嘶嘶嘶嘶嘶嘶！」

地在鐵板上流動，「唧唧唧唧唧唧唧」地煎著，然後「嘖嘖嘖」地吃。

……哪來這麼多教人食指大動的狀聲詞啊？是打算讓我這個在關西住了十多年，對大阪燒從無二心的價值觀瞬間崩潰嗎？

起初我作勢忽略那已然動搖的價值觀，可是當我人到了淺草，這層心理障礙終於應聲倒地了。只因為一路上我看到了一整排的文字燒招牌。

「哆哆哆」「唰唰唰」「嘶嘶嘶！」「唧唧唧」就近在眼前！……當我回過神來時，我已經鑽進了店家的暖簾，聽著店員的解說，正準備來個文字燒初體驗。

完了！這太好吃了吧！當我把才在鐵板上被唧唧唧煎熟的文字燒含入嘴裡，湯汁之甘甜，就像在吃一口接一口又令人無法停手的蝦餅點心一般。而且不一會兒就吃得乾乾淨淨，馬上又追加了一份。

一直以來真是對不起文字燒啊！是我太小看文字燒了！文字燒萬歲，東京萬歲！

如今，我心目中東京的聖地就在文字燒聖地的月島。是我總有一天一定會去的嚮往之地。要等我喲。

二〇〇九年六月

【回顧一語】初稿時我把「聖地」寫成「麥加」，結果被NG了，所以才稍事修改。編輯說，其實他們接到過伊斯蘭教徒的客訴，希望出版社能重新斟酌「麥加」這個詞的用法……

我想是我自己在遣詞用字上不夠周到，所以就跟編輯說「喔，真抱歉，是我用字草率」，就修改了。

這件事讓我了解到，文字語言的自由固然重要，但是也不該過度放縱，必須視情況選擇最適切的語詞才行。

有川浩「式」植物圖鑑

●虎耳草

嘴饞的時候就從身邊可以食用的東西下手吧。虎耳草通常生在人煙較少的鄉間潮濕地帶（不過照片是在市區內花圃拍到的）。葉片呈圓形而且正反兩面長有細毛，這應該是最簡單的辨識方法。炸來吃的話美味得教人意外。一些聰明的小吃店甚至會推出這道小菜。

●凹頭莧

在市區也找得到它。這點真的是出乎我意料之外。有時會在路樹邊覓得它的身影。葉面柔軟的時候最合時令。照片裡的正是最好吃的時候。不久之後中央會長出花穗，只要摘取葉片一樣可以食用。搭配豬肉，像柳川風料理那樣加入糖、鹽炒過之後燜煮，再打顆雞蛋進去，會有類似牛蒡的口感，是罕見的美味。

●馬齒莧

這也是在市區內找得到的（以下省略）。川燙去水之後用酸醬涼拌，就是一道帶點黏稠的涼拌菜。如果被問到「欸，怎麼有股狗尿味？」答案是「請徹底把葉子洗乾淨」。這是個不太適合潔癖者的遊戲，結果還請自行負責。

●白心藜

以前常見的是中心的粉粒是紅色的「紅心藜」，不過最近紅心藜已經很少見到。白心藜的數量也愈來愈少見了，看到的時候也不能摘，所以很遺憾的，我沒吃過。據說涼拌的風味絕佳。

●蒲公英

每次看到蒲公英盛開，我總會莫名的開心，不過事實上它也真的非常好吃。採集葉片和植莖，用起司醬油炒過，堪稱極品。如果嫌野生植物的刺多，可以作成炸物，不然作成醬油口味或其他各式涼拌，或者煮成菜湯之類的也行。如果湯垢太多，記得要把湯垢去除之後再行料理。要是湯垢實在多到撈不完，加點油進去，又是不同風味。

●刺蓼（繼子的擦屁股草）

這名字不得了，用它多刺的葉片和植莖欺負繼子，給他擦屁股剛剛好，多麼無可救藥的典故。不過刺蓼的花朵狀似粉紅色的花糖，十分可愛，葉子作成炸物也非常美味。刺蓼的近親，箭葉蓼和戟葉蓼也一樣好吃。

●庭菖蒲

姑且不提我那不聽話的食慾，這是我最愛的一種野花。看似平凡無奇的小花，星形可愛的模樣，和紅色白色的兩種，都正中我的要害。只要它一開花，我總會跟著心花怒放。我從沒見過它們紅白相間地混著開。它們總是紅的歸紅，白的歸白，自成一個花叢然後毗鄰盛開。

●瓜槌草（爪子草）

會寫下它，是想說應該不少人都看過它的蹤影。名字和可以用作貨物包裝材的白花三葉草（白色爪子草）無關，只是單純地因為葉片的形狀酷似爪子而得名。名字雖然挺煞風景，但是這類野生植物煞風景的名字又不是今天才有的。

●雀斑酢漿草（蕃薯酢漿草）

名字由來是因為它的植根狀若蕃薯。另有跟它長得很像但顏色稍淡的紫花酢漿草。但是紫花酢漿草的根卻不像蕃薯，而是直直的一長條。而且高度動輒長到原本的三倍，所以最近我比較常見到這種巨型的紫花酢漿草。

●白花鴨跖草

聽說又稱為紫背鴨跖草……之前在距離我家騎自行車十五分鐘的地方發現了一大群，令我興奮不已。不過，不知道是不是被其他植物取代了，今年竟然看不到一般開藍花的鴨跖草，所以沒機會拍攝到藍花。

●大凌風草（小判草）

嗯~就是老阿嬤們口中「看起來像小判（金幣），代表大吉大利」，充滿喜氣的一種野生植物。最近我在家裡附近的神社也看到叢生在一起的，令我開心莫名。一想到它們是難得一見的植物，就不由得興奮起來。

●木莓

雖然覺得這是木莓，可又沒什麼自信。嗯，不過保證無毒。一定好吃。比平地常見的野草莓還酸，可見我是比較偏愛酸食的。木莓必須爬到相當高度的山上才可能看到，平地相對罕見。拍攝時因為沒出太陽，照片的光度偏暗，其實當時還是夏天。

●日本紫珠（紫式部）

照片漸漸出現了秋天的氣息。名字優美，而且優雅的淡紫色果實讓人印象深刻，是我難得不能吃卻很喜歡的果實。分類上應該屬於觀葉植物（或小喬木？）我發現的是種在我家車站的自行車停車場牆角邊的。

●大花四照花

入秋以後，在街上隨處可見的果實。猜想鳥兒會吃，表示它應該是無毒的吧，我就大膽地試咬了一口，既非酸澀無味，亦非難以下嚥。於是，我想對照著附註果實的植物圖鑑，確認這究竟是不是四照花，結果根本無法辨識。無奈只好把手邊的口袋圖鑑從頭到尾翻了一遍，沒想到是當局者迷，答案揭曉，正是四照花秋日的模樣。

●雞屎藤

摘下花朵，顛倒過來放在身上點火，和艾灸的效果一模一樣，所以雞屎藤又稱為灸花，不過比起花朵本身的美，廣為人知的卻是如此不堪的名字。可是也沒辦法，摘下或折斷的時候還真的很臭。也算是個因為教人印象深刻而膾炙人口的例子吧。

●倒地鈴（氣球葛）

名如其花，花如其名。不過這掛滿了綠色氣球的可愛藤蔓，畢竟是野生植物。不可小覷。原本楚楚可憐的高度，轉眼之間便高過了人頭，爬上了圍牆頂，而且它還嫌不夠，如今已然捲滿了鄰居的籬笆。才不過一個月的事。

●百香果（時鐘草）

最後來個季節倒轉，回頭看個比較難得一見的。這是在我騎自行車常經過的人家圍牆邊發現，當下捕捉的倩影。唉喲，說它是時鐘，還當真是個時鐘。我指的是它花朵的造型。我再也無法相信它是自然生成的花朵了。也因此牢牢記住它的花期，就在影子已然深黑的盛夏時節。

攝影＝有川浩

二〇〇六年十二月

【回顧一語】這是一次邊走邊介紹路邊植物的計畫。我的小說很多都得利於這些花花草草的支持和鼓勵。

了解愈多的路邊植物，哪天去到陌生的環境，愈會覺得當地有種莫名的熟悉感。純樸地推薦這個鑑賞路邊植物的遊戲。

冬季的煙火

又到了可以聽到煙火晚會聲音的季節。

年輕時的我可是會卯足了勁。為了在大型的煙火晚會占有正面觀賞的絕佳地點，我會在西曬最烈的四點鐘先行到場，確保陣地。陣地準備我也從不馬虎。外行人才會在看準了位置，興沖沖鋪上野餐墊。內行人則會先鋪一層瓦楞紙或氣泡布，充當堅硬的地面和散落四處的小石頭的緩衝材。然後搬出幾張攜帶型座墊，這樣一來，直到煙火結束前的居住環境才算準備就緒。

接下來是一段漫長的等待。施放煙火是天黑以後的事。然而此時西邊的太陽卻熱力未減，暴力似地曝曬著，估計我還得在烈日下等待大約三個小時。所以不用說陽傘、帽子是一定要的，還得記得帶著冷敷貼。貼在額頭和頸背，是我的避暑策略。當然還有殺時間的策略，就是文庫本兩三冊。不怕太陽下山以前會看完。此時穿著各色各樣浴衣、身上有著金魚花樣的大小姐們會逐漸湧入，光是和家人一塊兒評選個人喜歡的浴衣花樣，也能輕鬆混過一個小時。

直到發覺遠看再也分不清楚浴衣的花樣了，這時候，日落後的夜空中開始迸出閃亮的花朵。聲音來得稍慢，砰地一聲響起。即使是從眼前施放出去的，聲音還是會比亮光慢了一些。能夠讓人如此近距離地體驗到小學上過的自然科學，我想應該只有煙火晚會吧。

然後一陣帶著熱度的空氣翩然飄來，煙火繼續接連不斷施放。接著風中會瀰漫起一股火藥的氣味。這是煙火施放地點旁邊的特權。那股氣味則是夏季獨有的氣息。

——話雖如此，今年我卻在整片的雪景中聞到了那股氣息。是在三月下旬的秋田大曲。這場在冬雪殘存的滑雪場，由新手煙火師競相發表煙火新作的晚會，其實每年都會舉行，只不過今年對外開放參觀罷了。

腳下的白雪雖然已經退成了碎冰，但是對於來自無雪之地的人來說，仍然稱得上是一片銀色世界。煙火師會一邊解說自己帶來的煙火，一邊每人發射十五段煙火新作。

「做好心理準備喲，要在滑雪場裡持續站著兩個小時。」我聽了嚮導的建議，事先在腳下的雪鞋裡塞了鞋用熱敷墊，也做好了穿足衛生褲和襪子的完全準備，可是等待時我的雙腳竟然發起冷來。納悶著難道是熱敷墊失效了？結果在回程的車上，卻發現襪子裡明明還是暖呼呼的呀。原來正是因為熱敷墊發揮了作用，我才會感覺「發冷」。不然應該是「發凍」而絕非「發冷」才對。

我上半身穿了兩件衛生衣、毛衣和抓毛絨夾克，外加一件羽絨外套，圍巾和手套也是少不了的。還在肚子、背部、手套裡，所有可能想到的地方貼入了熱敷貼片，和攜帶冷敷貼的夏季煙火是一百八十度相反的裝備。

和夏天不同，這裡沒有浴衣上的金魚可以看，所以只能在會場攤販裡冷颼颼地殺時間。喝了本地特有的納豆湯，非常受用，可是就在我打算回關西後，一定要全力學作納豆湯的瞬間，滑雪場的燈光突然熄滅。煙火要正式開始施放了。

煙火的亮光會先映照在雪地上，聲音才會隨後傳來。冰凍的空氣瀰漫著會場，夜空則不停亮著閃光。

一個段落結束，冷風挾帶著火藥的氣味飄來。啊，是夏天。眼前是遼闊一片的雪中滑雪場，唯獨鼻子是夏天。在白皚皚的大地上嗅著夏季的氣息，是何等風雅絕妙的避寒方式。

就在穿插著煙火師的解說下，各式煙火陸續施放。在冷冽的空氣中，每當我意識到火藥的氣味時，鼻尖等於掠過了一陣夏日風情。

所有發表的煙火都匠心獨運，從漂亮的到逗趣的，無所不包。莫非我過去在夏日的煙火晚會上說「這是今年第一次看到的耶！」的新花樣或新色彩的煙火，都是先在這裡先行發表的吧。

最後釋放的是我超想把它命名為「超級〇利歐」的兩階段的大型香菇煙火。發表之後，肯定會是未來暑假孩子們的最愛。

已經好陣子沒參加煙火晚會了，說不定今年夏天，那朵香菇已經席捲了全日本。想像著他日能夠再一次和為我留下了許多美好記憶的雪地煙火相會，也是樂事一樁。

我一邊用這段在冰雪中欣賞煙火的記憶消暑，一邊盤算著，今年要去看哪裡的夏季煙火才好呢？

二〇一〇年七月

【回顧一語】 讀者是否已經在今年夏天的煙火晚會看到了「超級〇利歐」的煙火呢？儘管那是一場實驗性質的晚會，但如果純粹只用在實驗，就太辜負那樣造型特殊的煙火作品了。

山梨，用心款待的人們

大家好。我是九月份即將問世的小說《來觀光吧！縣廳款待課》的作者有川浩。

這回，我是以區域觀光作為創作主題的。於是有人藉著這個機緣提出了一項企劃，希望《來觀光吧！縣廳款待課》的作者能夠實地體驗山梨縣當地人的「款待」。所以，我想請讀者陪著我一起回顧一下這段接受款待的過程。

首先，這次企劃透過山梨日日新聞社編輯的介紹，我向山梨縣政府觀光局（山梨觀光促進事業部）提出請求：「不好意思，可不可以麻煩您們幫忙外縣市的人設計一趟兩天一夜的招待行程？」

得到的答覆是「很難」。其實，原本我以為他們想以「我們很難站在行政督導機關的立場協助你們的企劃」作為理由拒絕我。因為為了寫《來觀光吧！縣廳款待課》，我已經多方了解過政府機關的做法，知道有些地方政府一向採取的姿態就是拒絕協助民間計畫的。

然而結果山梨縣觀光局真正的意思卻是：「我們可以推薦您的景點很多，如果您不事先告知大致的活動範圍，我們很難為您設計行程」的「很難」。

對於一個突來的請求，能夠作出這樣的回應，光是這一點，就讓我感覺「了不起耶，山梨縣府！」因為真的很多地方行政機關往往因為過度謹慎，而導致了觀光政策的窒礙難行。我不禁佩服山梨縣府如此爽快答應配合的處理態度。

促進區域觀光，最關鍵的就是「行政單位的配合度」。如果以「沒有前例可循」「不是我們的工作」為由，拒絕新的嘗試，機會只會不斷流失。

除此之外，要讓行政機關願意以爽快的態度處理事務，縣民的理解也不可少。因為當行政單位提出了新的計畫後，倘若縣民總是站在批判、抱怨的對立面，行政機關自然只能採取保守的作風。遺憾的是，我聽過太多政府部門和民間因為遲遲無法建立起造福鄉里的互信關係而陷入僵局的故事。換句話說，推動行政事務的「鑰匙」，其實掌握在縣民的手裡。

在這個前提下，山梨縣政府爽快的作風勢必會直接影響到山梨縣的觀光發展。可想而知，能夠如此爽快地答應一個突如其來的請求＝他們顯然已經和民間建立了互信的關係。也因為，要是行政單位總是畏首畏尾地認為「萬一出了問題誰來負責？」的話，他們的反應肯定不會這麼乾脆。

老實說，對此我是很羨慕的。地方觀光事業的發展最需要的，也是最難達成的關鍵，山梨縣竟然已經做到了。再沒有比這更好的狀況。這可是一具超強的武器（我的故鄉高知縣可就沒這麼幸運，所以我真的很羨慕）。

於是，我突然開始期待這樣的縣府單位所提供的「款待行程」了。

當天是個氣溫三十五度的豔陽天，首先我來到了笛吹市的一家果園「金櫻園」。結了果實的樹木永遠能讓我興奮不已。我隨手從地上拾起了一顆掉落的桃子大口品嚐。我是鄉下長大的小孩，撿拾地上的農作物直接往嘴裡送，是再自然不過的事。

被太陽曬得溫熱的果汁有著濃郁的甘甜。然後我摘了兩箱，來到了試吃區。葡萄藤架下桌邊的涼爽，和如芒刺一般烈日當頭的果園彷若隔世。才距離果園不到二十公尺遠耶，溫差居然如此之大。我用自己的身體感受著，原來綠化還真的蠻有用的呢。

我試吃了白桃和一種叫做「美黃娘」的桃子品種。果如其名，是鮮豔亮麗的黃顏色。一般桃子給人的印象都是紅色的，所以視覺上它就已經引起了我的好奇心。已經熟透到外皮會留下手印的程度，非常好剝。我一口咬下這顆光是剝皮就滿手果汁的果實——根本就是甜點嘛。就是這麼一顆沒有摻雜其他味道的，純粹的桃子甘甜的桃子。

聽說它目前還不是主力產品，而是即將推入市場的新品種，可是呢！我覺得它絕對能跟宮崎的芒果比敵。而且價格便宜。畢竟一般人對金錢的感覺，一籃水果要價一萬日圓，實在很難買得下手。看來山梨已經握有一種超強的戰機了。

不過，真正的戰機要等見到了「金櫻園」的老闆堀內圓先生之後才見分曉。

「妳看過這個嗎？」堀內先生拿出一樣形狀扁平如手掌的水果。顏色偏綠，還硬硬的。

「這也是桃子，稀奇吧！」豈止是稀奇，要是不說，根本看不出來是顆桃子。本來我還想是梅子或杏果。

為什麼會種這樣奇怪的桃子呢？——「第一次吃到第一次看到的水果，妳不覺得很棒嗎？」

因為產量不多，到了成熟期，有些時候必須十個人分食一顆。這樣的吃法當然令人終生難忘。不只忘不了這顆桃子，更忘不了吃到這顆桃子時的山梨縣。

「以前的觀光呀，客人滿足地『到此一遊』，然後就什麼都沒了。可是大家出來玩，光是『到此一遊』怎麼可能真的滿足嘛。遊客要的是『感動』。所以我們為遊客準備好了『感動』，等著大家來。然後現在，遊客還需要『回憶』，當作伴手禮帶回家。總之觀光是不提升不行的啦！」

結果他們讓我把「還沒成熟的怪水果」和「黃美娘」帶回家了。但是真正的伴手禮卻是堀內先生的這席話。

多麼了不起的伴手禮。他們的戰機就裝設在這個人的腦子裡。就是他的創新觀念。

我不禁好奇，這兩天一夜的急行軍，究竟山梨縣還會讓我看些什麼東西？

下一個目標是勝沼。來到山梨，怎麼可能沒有葡萄酒！就因為這個原因，我造訪了原茂酒廠。

酒廠入口的葡萄棚架邊，有位太太正站在梯子上頭摘葡萄。棚架上還倒掛著一只雨傘，用來盛裝摘下來的葡萄。真有創意！

好，注意囉。這題必考。非常重要。對於來自外縣市的人來說，這個光景是極為鮮明的。因為比起他們的作物，遊客更想看到當地特有的習慣和景致。更希望能在回家以後，告訴家人、朋友：「山梨的人會把雨傘倒掛起來，免得葡萄散落一地。」

接著出現的這位大叔，用關西的講法就是「長得很順」，酒廠經理古屋真太郎先生。由他擔任葡萄酒窖的嚮導。出乎意料之外的，酒窖裡的設備簡單到不行。只有「榨汁器」和「存放果汁的桶子」，簡潔俐落。

「釀製葡萄酒不需要什麼複雜的設備。唯一需要的就是優質的葡萄原料。所以酒廠不論大小，大家的機會其實是均等的，都有可能釀製出高品質的葡萄酒。」

原茂酒廠的另一個特色是，堅持採用在地生產的葡萄。據古屋先生說，有一段時間他們使用了進口的原料，但是「不論如何釀製，我就是感覺哪裡不對勁。」從國外輕鬆進口葡萄，釀製成葡萄酒，然後貼上「勝沼在地生產」的標誌，就是讓他感覺不自在。後來古屋先生找了另一家熟識的大酒廠商量，對方直言：「使用進口葡萄來輕鬆獲利就像吸毒一樣。改用國產葡萄，把毒給戒了吧！」對方同時也承諾，願意全力支援古屋先生。從此以後，古屋先生全面改用了在地生產的葡萄，所以現在的他可以拍著胸脯說「我們這兒全部都是在地生產的葡萄酒」了。

聽說他們的葡萄酒曾經批售給ＪＲ列車在車上販賣，而且在當地還頗負盛名。但是「本來宣傳甲州葡萄酒的工作不應該由像我們這樣的小酒廠負責。小酒廠的責任應該是負責生產只有小酒廠才生產得出來的，既多變又堅持品質的產品。不過，我們並沒有因此而停止客人所期待的車上販賣，而是把這個任務移交給大酒廠去承包。雖然我們已經在ＪＲ建立了原茂的品牌形象，移交給同業是非常不划算的事。」

這段話最讓我印象深刻的是，酒廠彼此之間的良性互動。要想提振在地產業，有些時候必須以大家共同的利益作為優先考量。雖然，這很不容易。畢竟每一個人都想獲利。要是無法取得共識，這根本是不可能的事。

多麼高瞻遠矚的一群人哪！通常，像這樣高瞻遠矚的人，一個縣裡只要出現一位就了不得了。「原茂酒廠」的古屋先生、「金櫻園」的堀內先生，他們如果生在其他各縣，肯定會被當作英雄看待。但是在這裡，這樣高水準的人卻「俯拾即是」，老天真是不公平。

擁有好的原料，若缺少了懂得善用的人才，什麼也生不出來。山梨縣擁有許多好的產品，但是他們真正的寶藏是，他們發掘了這樣的人才。

好，過了一夜，第二天我要來去體驗手打蕎麥麵。今天的目的地是北杜市須玉町的「三代校舍親近之里」。

沿用舊時的校舍永遠是椿美事。昨天的「原茂酒廠」也有一間由老舊民宅改裝成的咖啡廳，看來山梨縣妥善保存了不少老舊的建築。包括縣政府的大樓也是一座別具懷舊氣氛的優質建築物。由此可見，不求一時之便而保留下來的舊東西，日後一定都會成為重要的資產。

在三代校舍的大正館迎接我的是津金茂美阿嬤。其實說穿了，手打麵基本上在日本全國各地都有。因此，勝負就在於他們是否能夠為它注入當地特有的元素。好，那我們就來尋找藏在這座大正館裡特有的商品價值吧。

我覺得這裡最值得稱道的，就是和蕎麥麵一起上桌的炸物所用的是在地的蔬菜。幾乎有巴掌那麼大的紫蘇葉，以及深黃色的蕃薯和南瓜。如果這時候端出來的是氣派的炸蝦或星鰻，那就未免太掃興了。因為山梨縣並不靠海呀。旅行的人最想吃的還是當地的特產。

吃到一半，接著上桌的是紫蘇泡菜，是我第一次吃到的。頗有種醍醐灌頂之感。「只是因為長得太好又太多，所以我就想拿它來試試看。」津金阿嬤笑著說。但是這正是旅客真正嚮往的特產。學會一道新菜，等於了解了一個當地的文化。要是在山中吃的是他們特地買來的大龍蝦作成的炸物，我肯定不一會兒就把它忘得一乾二淨，可是這道代表著當地文化的，「由山梨縣的某位阿嬤發明的紫蘇泡菜」，我卻終生難忘。而且一旦記得了山梨這片土地的文化，我自然也不會忘記山梨的風光景致。

然後就在用餐接近尾聲時，津金阿嬤客氣地說：「我還作了南瓜飯，有沒有興趣嚐一嚐？」聽說這其實是阿嬤特別準備來招待我的。南瓜飯感覺就像栗子飯的南瓜版。外觀顏色被南瓜染得黃澄澄，挺奢華的，味道卻不同凡響。和剛才的紫蘇泡菜一樣，是道在地的特產。也是終生難忘的文化。正因為他們意識到並且真正作出了「讓旅客讚不絕口」的這兩道特產，原本稀鬆平常的手打麵才堪稱是「只有在山梨縣才體驗得到的手打麵」。

「這裡有種藍莓耶。我還是第一次看到。」

聽我這麼一說，「那我介紹妳去附近的藍莓農家看看。」津金阿嬤隨即撥了電話，幫我約好了時間。「老竹農場」，是津金阿嬤的朋友家。結果他們對於我的臨時造訪一點也不介意，非常熱情地招待了我。我想那烈日下溫熱的藍莓滋味，想必也將是我終生難忘的了。

透過大家的用心款待，我見識了不愧是頂級觀光大縣的山梨。豐富的水果、美味的葡萄酒，無疑是他們強大的武器，然而，這群願意用心款待的人們才是觀光最大的賣點。尚在連載中的《來觀光吧！縣廳款待課》裡面的主角們，目前還沒意識到這一點。敬請讀者期待他們的成長。

二〇〇九年八、九月

【回顧一語】提出這個企劃的，是刊載《來觀光吧！縣廳款待課》的報紙之一的山梨日日新聞報。四周環山，一整個高地的風景，對於來自高知縣的我來說非常新鮮。那裡是我還想趁工作空檔時，再次造訪的地方之一。

遲來的聲音・超靜的聲音　富士實彈射擊演習報導

大約七秒鐘。

這是什麼意思呢？這是榴彈砲的落地和落地後爆炸聲的時間差。

砲彈是從榴彈砲發射出去，落在小山山頂的標靶。會先看到橘色的火花和掀起的黑色煙硝，過了一會兒才會聽到和剛才迸發的火花相同次數的爆炸聲。如果近距離看過煙火，那你一定了解火花和爆炸聲先後出現的時間差，只不過感覺上砲彈的時間差特別明顯。啊，果然聲音比較慢！

我說七秒鐘，其實是個概數，經過幾次計算之後得出的平均值，並不是絕對的。初步估計，距離大約是兩KM吧。每次看到砲彈落地，火花都會以固定的節奏迸發，但是之後傳來的爆炸聲，卻會因為發射的方式而出現些微的不同。有時候是「砰，砰砰砰砰！」有時候是「砰，砰砰，砰砰！」

另外一個讓我深刻印象的「聲音」是OH－1。這架特別設計用來當作偵察機的直升機，不論怎麼看，外型都近似美製的攻擊直升機「眼鏡蛇」，是一架遇到特殊狀況，可以把偵察設備改換成武器，武裝上陣的國造直升機。

究竟是怎麼個印象深刻呢？就是它的「無聲」。如果從後方飛來，即使是低空飛行，在飛過之前，幾乎不會發現到它。要是我的位置不是在它主旋翼的翼板旋轉的氣流下方，根本聽不到類似一般直升機的聲音。所以不論它從哪個方向飛來，除非從我的上方飛過，它幾乎是無聲的，也就是說，「當我發現它時，它已經近在咫尺」的狀態了。總之就是一般直升機沒有的超靜音。或者應該說，它明顯就是一架特殊設計的「靜音版眼鏡蛇」。有話就直說嘛，姊姊不會生氣的！

然後是好像之前有誰提過的九〇式戰車，讓我印象最深的還是它的「聲音」。而且是絕對破壞性的噪音。

換句話說，留在我記憶裡的，從頭到尾都是「聲音」。

演習結束後，我接到中途落跑的緒方先生的祕密指令，要我去找找看有沒有偵察用機車，然後再讓三木先生拍照給他。後來我們順便還抓來了附近的自衛隊員，強行拍下了紀念照。

值得一提的是，高橋先生和我因為是電擊文庫自衛隊愛好者的男生代表和女生代表，所以我們自始至終都興奮得不得了，唯獨本來沒什麼興趣的三木先生，直到後來才開心地說：「實際看到還挺好玩的咧！」我深深感慨，唉，果然「男生」都是天生的軍武迷。不過軍武迷的女生其實也不少，這裡就一個。

二〇〇五年十月

【回顧一語】這是一篇我在電擊文庫時的報導文。因為他們說如果我肯寫這篇報導，就帶我去參觀實彈射擊演習，然後我立刻就被釣上鉤了。

說到15，就是F囉

說到15，當然就是F－15鷹式戰鬥機囉。不接受任何異議！倒是為什麼F－15叫鷹式戰鬥機，F－14叫雄貓式戰鬥機？知道的人請告知。

話說，為了慶祝十五週年，老闆要我寫一篇如標題所見的隨筆。

我永遠不會忘記和F－15的第一次接觸，是在岐阜縣各務原市航空自衛隊岐阜基地航空祭（真懷疑這樣的名字能吸引多少人去）。

在那裡我首度聽到了F－15的狂哮。也清楚了解到，其實它還保留了許多實力。要是全速飛行，應該轉眼之間就會從觀眾的視野中消失不見。同時也看到了F－4和F－2的飛行英姿，不過我感覺最威猛、最具爆發力的還是F－15。

在飛離地面的當下，它的宿命已然註定。當一架從名古屋機場起飛的民航機才剛完成了起飛、升空的動作，F－15隨即起飛升空。眼前是F－15把民航噴射客機遠遠拋在腦後。

——時間彷彿停止了。民航噴射機就像靜止在空中一樣。然後就在眼前靜止的時間裡，

F－15瞬間劃過跑道，爬升到高空，變成了一個小點——是一種難以形容的超現實光景。

原來戰鬥機是這樣的呀。我終於明白了。我想眾多的飛機迷之所以如痴如醉地為戰鬥機著迷，正是因為這種無視於時間存在的性能。在了解它是武器之前，大家其實早已為著它那專為極限飛行而設計的功能之美而神魂顛倒了。戰鬥機不是「為人設計的飛機」。因為它沒有半點舒適性可言。毋寧說是戰鬥機操控著「人」。那是一種只為「飛行」而打造出來的、特異的功能之美，但是也正因為它的特異，即便知道它是武器，眾多的飛機迷仍舊為戰鬥機痴狂不已。

說那是「時間靜止的瞬間」的，在一同參與航空祭的一行人當中，只有我一個。莫非這也是一種宿命？

在我的小說《空之中》裡，其中一個主角春名高巳，也看見了同樣的光景。

二〇〇八年八月

【回顧一語】這篇是由電擊文庫作家輪流寫在夾報傳單上的隨筆。為了慶祝電擊文庫十五週年，我以15作為文章的主題。

說到15，我想到的只有F。

故鄉高知

司空見慣的自然之愛

我想對從未離開過高知的人來說，或許很難體會到，心中對於自己司空見慣的青山、綠水和海洋的那一分愛。

高中畢業以後，為了升學我來到關西，在那之前，我一直認為高知是個除了山山水水之外什麼也沒有的鄉下地方。我苦於沒有主題公園，連漫畫、小說的首賣日都比人家晚。我羨慕城市羨慕得不得了，「要是住在城市，就可以在首賣日立刻買到書了！」

然而實際上，升學之後不久，我便淪為了「便利城市」裡的俘虜。

可是從學校畢業，出了社會，我總算體會到了。之所以能夠體會，是因為有一次朋友邀我去郊外踏青，看到了庭菖蒲的花朵。

這種小花，在高知的旱田裡要多少有多少。是紅白雙色的星形小花。當我看到了它們，才發現原來這種花是在我所知有限的花朵當中自己最愛的一種。

同時我也感覺到一陣衝擊，原來這種在高知每逢春天要多少有多少，隨處可見的我心愛的小花，從我的住處，若非煞有介事地經過一番準備、出遊，是絕不可能看得到的。

想來，也好多年沒看到荷花了。因為住在城市裡，除非開車或者搭乘電車旅行，根本別想找到把水田擠得滿滿美麗的荷花田。

還有浪打蜿蜒的海灘，映照著山勢的深色河流。這一切在城市裡是從來就沒有過的。我曾經嚮往城市，能在書籍的首賣日立刻買到書，要什麼有什麼，也的確，城市的生活確實方便。可是，在城市裡要看到我曾經司空見慣的大自然，卻是件難上加難的事。

曾經司空見慣的大自然，這個說法是多麼地奢侈和報應。彷彿在懲罰我，在離開高知之前從未意識到它一樣，如今我連在首賣日買到書的喜悅之情也消逝了蹤影。大型的書店比比皆是，就算不是首賣日也能隨時買到。想想反而覺得，在不在首賣日購買也就無所謂了。

那分殷殷期盼，為了想買一本書而一再追問店家「還沒來嗎？還沒來嗎？」的熱情，已經不復再見了。

不過幸好，婚後我搬到了稍微偏遠的小鎮，到河邊散步的時候，我找到了一處會開紅白雙色庭菖蒲的地方。還有，許多昔日在高知常見的野花野草。

現在一年四季經常在散步時看到的它們，在在是我懷想高知的珍寶。

二〇〇七年三月

【回顧一語】要想體會到故鄉的美好，說不定真的需要經歷一段離鄉背井的過程。在我身邊，會熱情介紹高知之美的，都是曾經離開過高知的人。

高知的震撼力

去年底，角川書店的小說雜誌《野性時代》策劃了一個我的特別報導。在這次報導裡面，有一個名為「有川浩回高知」的小專欄，由我和家父帶著編輯和攝影師，兩天一夜遊歷高知。

第一天，我們參觀了穩穩座落在南方割完稻子以後的水田當中的機堡（戰時飛機專用的防空設施）。

然後由仁淀川的河口溯河而上，見到了內行人都知道的漁夫，宮崎彌太郎老先生（通稱：彌老）。彌老就是我第二本小說《空之中》裡的參考人物。離開了彌老的住處，我們繼續沿著仁淀川遊移，在沈下橋等地拍照，結束了當天的行程。

第二天我們去了到此遊歷時一定要去的桂濱海岸，然後轉往赤岡港。因為之前我和幾位編輯在餐廳吃飯的時候點了一道鯷魚苗，結果這道鯷魚苗讓大家有些失望。對高知人來說，只要說「鯷魚苗一定是可以一隻一隻數出來的」，大家肯定都了解意思（為了保住那家餐廳的聲譽，得補充說一句：他們其他的菜色是無話可說的好吃喲）。

到了漁港，我請人分給我們一把鯷魚苗，然後就在岸邊請他們吃。和之前的口味差別之大，讓兩位來客心滿意足。我扳回高知的名聲啦，各位鄉親！

隨後我們途經野良時計和伊尾木洞等地，來到了室戶岬海岸。感覺如何？採訪兼旅遊的兩天一夜，這樣的行程安排是不是蠻經典的呢？

出版社的編輯向來經常出差，為了掌握作家的進度必須在各地往返。可是早已習慣四處奔波的文字編輯和攝影編輯，卻異口同聲說：「真是一路震撼到底耶。」特別是仁淀川和河口的海洋。它的色澤和那股撼動人心的力量。

同行的兩位編輯都是東京出生、東京長大的。我相信這次行程，高知大自然的力量一定深深地感動了這兩位都市人的心。

我在關西也看過不少河流，但是都遠遠不及高知主要的河川和支流。即便是位在深山裡頭的，或者經過整治的河流都比不上。

對都市人來說，高知那保持原始風貌的河川是難得一見的，他們臣服於山色海景，對高知人司空見慣的鯷魚苗、蒟蒻壽司、筍片壽司、青花魚壽司也都又驚又喜，嘖嘖讚嘆。

作為一個從外界觀察高知的同鄉，請容我說幾句非常現實的話。

高知的自然環境和人文風土都是可以轉換成現金。但，必須以維持原貌的規劃為前提。

當我聽說高知縣內出現了許多體驗型的校外教學旅行團，我在心裡叫好，這真是超棒的「招攬」手法耶！不知道是哪位人士的提議，真是好樣的！

坦白說，高知境內其實可以規劃成類似《鐵腕DASH！》節目裡出現的「村落」土地不知道有多少，而且愛看這個節目的都市人很多。何不也設計一個類似的短期套裝行程呢？

二〇〇七年四月

【回顧一語】 這次的導覽行程後來集結成了《有川浩的高知導覽手冊》（暫譯，有川浩の高知案内，MEDIA FACTORY）。有人說，這本手冊和一般的旅遊導覽風格好像不太一樣。其實是因為我堅持提出兩天一夜認識當地特有名勝物產的行程（包括一些只有在地人才知道的）。如此一來，就無需特別利用較長的連續假期，即使是週末的兩天一夜，也可以盡情享受高知之美。歡迎大家隨時光臨高知。

書裡我也準備了旅途中如果遇到下雨天，照常可以安心遊歷的「雨天」行程。

觀光區的分數

就我個人的看法，我認為觀光區的分數可以用它的公共廁所來評量。

甚至可以說，凡是規劃完善、重視觀光客感受，又回流人數眾多的觀光區，廁所一定是乾淨漂亮的。

不缺衛生紙就用不著說了，坐的、蹲的馬桶一定要潔白亮麗，可能的話最好還附有能發出流水聲的音姬設備。

嗯，聽我這麼一說，讀者應該已經知道這回我打算拿什麼來開刀了吧。對，就是它。

ＪＲ高知站的廁所。

說起這ＪＲ高知站，那兒可是和高知龍馬機場齊名的高知縣對外的大門。用來迎接觀光客的兩大正門，廁所竟然又舊又髒是怎樣！

是的，這回還是請容我從外界的觀點說說我的看法。那裡的廁所全部不及格，全是零分廁所。

請想像一下。如果是你出外旅遊，來到了距離觀光景點最近的車站。應該有這種人吧，因為不習慣火車上的洗手間，所以就想下車以後再解決。

結果車站的廁所裡面陰森森一片，牆壁的磁磚處處剝落，通風和排水不良，地板永遠濕答答，蹲式的馬桶不是皸裂就是缺角，衛生紙用完了沒補，還一整個散發出阿摩尼亞的味道。

這其實就是我記憶中高知站的廁所。到了旅遊景點碰到這樣的廁所，你會作何感想？要是我，我對這個地方的印象肯定會下降好幾級。

就算是因為車站正在改建，在新站完工之前任由廁所自生自滅的做法，只會讓高知這個觀光區換來超高的負分。因為——

這時節手頭最寬鬆，可以隨意出遊的，大多是年長的婦女和二三十歲的單身女性。她們可是最具外幣（從外縣市來的鈔票）消費潛力的客戶群。

用這樣的廁所接待這樣的客戶群，簡直豈有此理！也因為所有的女性最愛的就是乾淨漂亮的廁所，平常遇到髒兮兮的廁所，甚至寧可「忍耐到下一間！」她們最恨的就是髒兮兮的茅坑！

然而，高知站的廁所偏偏就是最教女性觀光客不開心的那種，在號稱是縣大門的車站碰上這種廁所，她們是永遠永遠永遠不會忘記的。因為女生最在意的就是浴室和洗手間。只要對那樣的廁所置之不理一天，女性觀光客對高知的印象保證會壞到底，而且可想而知，她們的伴侶也會受到影響的！話說回來，我也覺得，怎麼這麼不知變通呢！

就算車站的改建工程預計在多少年內完成，可是難道就不能先把高知站的廁所整修一下嗎？這不叫浪費錢。為了在車站改裝之前，讓觀光客覺得「這裡真是個好地方，以後還要再來」，這筆錢其實是一筆值得花的「投資」。

等車站改建好了，只要把留下來的設備挪用到其他的觀光景點，應該一點也不會浪費的。如果相關人士看到這一篇，敬請參考。

二〇〇七年六月

【回顧一語】給觀光區打分數的方法是我在寫《來觀光吧！縣廳款待課》之前一向的主張。要想活化觀光區，不論如何一定要從廁所下手！吃和拉要一併處理。

想怎樣哪，大哥！

這是我回高知娘家，開車送我到機場的老弟因為有人超車硬插到車子前面時，他當下脫口而出的一句怒吼。

在那混亂危險的瞬間，被人家硬生生插車的確一點也不好笑，可是當我聽到老弟這句話，卻忍不住笑了。

嗯，沒錯，這句來自心靈深處近乎惡言的怒吼，正是土佐的方言。是土佐地方的吵架用語。

純粹直譯，感覺大概是「搞什麼鬼呀，混蛋！」不過土佐方言的語氣還是兇得多。而且這句話在跟人吵架的時候，也更能夠直接快速地表達出個人心中的憤怒。

之所以笑，是因為離開高知多年，我已經無法那麼直覺地說出「想怎樣哪，大哥！」了，老實說，我也老早忘了這句話（雖然這本來是男生用語），所以老弟的這聲怒吼，當真讓我心頭一震。

我心裡想著，對呀，遇到這種狀況，脫口而出的怒吼，這句「想怎樣哪，大哥！」再貼切不過了。時隔十多年再次聽到這句吵架用語，我居然一絲違和感也沒有，面對這樣的毫無違和感，意外之餘，我也只能以笑來表達了。

雖然老弟對我的反應是一臉的莫名。

這個梗發生在車上，那就順便來聊個開車梗好了。在高知，當司機遇到其他車子給自己帶來危險的狀況時，會用一種嘖嘖嘆息的口氣說：

「唉呃～！」

意思有點像「真是夠了！」有時候還會接著另一個表達不悅的字眼，譬如說「做啥哪」或「驚死人」之類的。

不過——

「是怎樣哪，大哥！」

只會出現在非常生氣的時候。也就是，脫口而出的時候，表示那人在那個瞬間是非常憤怒的。一般我們會用混蛋、白癡、蠢貨、人渣等等罵人的話說，但是這裡的「大哥」還包含了一般用語所難以表達的嚴厲譴責。

倒是聽到這句話，我居然可以即刻會意出老弟的怒火中燒，和他試圖平息自己的怒氣和肝火，以及表達對來車司機的憤怒之情，我對自己是佩服的，或者也覺得自己挺有趣的。

離開高知將近十七個年頭，可是我的土佐基因依然健在。

而且這個「大哥」還會因為說話語氣的不同，而感覺和一般的語意不大一樣。在平常的對話裡，意思和稱呼人家「你」差不多。

「大哥昨天去了哪蛤？」（你昨天去了哪裡呀？）

是一般的閒話家常。

可是當它是以怒吼的語氣出現時，意思就如前面所說的，包含了各種不同的含意在。

要想把老弟這句「想怎樣哪，大哥！」的語意翻譯出來還真不容易。

「幹嘛呀你，很危險不知道嗎？沒長眼睛是吧？開車要看前面嘛！不會開車就不要開！萬一撞到看你怎麼辦！嚇死人，要真撞到了，教你吃不了兜著走！王八蛋，沒出事還不感謝菩薩保佑！（以下省略）」

總之啦，大概就這個意思。把這些全部濃縮成一句話……

就是——

「想怎樣哪，大哥！」

那是一個讓我感受到方言深意的瞬間。雖然不是什麼上得了檯面的感受，但是，嗯，畢竟是實際的吵架民情，無可厚非的。

我想，這真是一句久違又親切的家鄉話。

在基因的層次，我竟然還記得這種吵架的語意，也真是了不起呢。

也許不該稱讚他，但是我並不討厭在這樣的狀況脫口而出「想怎樣哪，大哥！」的老弟，也不討厭能夠領會其中含意的我自己。

二〇〇八年七月

【回顧一語】 順帶一提，高知的方言不叫「高知方言」，而叫「土佐方言」。當有人說是「高知方言」的時候，會指正說是「土佐方言」的，一定是高知人。

在我的體內也流著傳承自高知縣人的血液。

飛鳥視野的無價

實話說，我沒有瘋狂購物的習慣。我和大家一樣，也有慾望，但是懶得出門加上懶散的個性，除非「事到臨頭非買不可」，我是幾乎不會選擇去瘋狂購物的那種人。

所以這樣的我從來沒有過「你看，就是這個！」的那種讓我得意的購物經驗。於是我就想，那我總有過勉強算得上明智之舉的購物經驗吧。然後我翻出夾在家計簿裡的收據，找到了一張寫著「平成十七年五月某日，五二五〇日圓，活動參加費」的收據。是回故鄉高知時的收據，地點是吾川郡吾川村。就是一個叫做「吾川天空公園」的遊樂區開出的付費收據。

吾川村位在相當偏僻的深山裡，「吾川天空公園」是個充分善用了遼闊的山野和河流特色的大膽投資。不過話說高知七成都是這樣的地方。剩餘的兩成是海邊，只有一成是平地。先天的地理條件註定造就不出大城市，這就是高知。

因為聽家人說可以到那兒體驗飛行傘，我就跟著去了，也就付出了那筆五二五〇日圓的費用。當場聽說時間大約是二十分鐘，老實說當下我確實有點小猶豫。

二十分鐘五千日圓耶。五千日圓可是足夠我跟朋友痛快大喝一場的金額耶。

結果，「反正難得來一次」，我用了一個消極的理由決定參加這場飛行體驗，可是唉呀——

我不知道人生還有比這更精彩的二十分鐘。

在雙人搭載的飛行傘準備就緒之後，當貼在背後的教練說：「妳只管往懸崖那邊衝過去。」我立刻雙腿酸軟了起來。我們的位置是在一千八百M等級的山頂上，掉下去保證立刻沒命。現在後悔來不及啦我的姑奶奶！

我才想說，這等於是從清水寺舞台（一百三十八倍的高度）往下跳耶！可結果根本不是那麼回事，跑不到兩三步我就大喊：「我飛起來咧！」

離開山頂才不過一瞬間，山頂已經在遠遠的眼下，到了可以看見尾根的高度。怎麼可能！這應該是只有飛鳥才可能活著看到的視野。隔著尾根，可以同時望見高知和愛媛。我只是乘著風，劃破天際。無需使力高度也不會下降是怎麼回事？我居然當真起了疑心，難不成其實人也是會飛的？

落地時摔一跤是女性嬌柔的表現，不過這不是重點，重點的是它真的很讚。我用五千日圓換來了這樣的二十分鐘。如果把這個經驗當作是購物的話，無庸置疑，這是我此生穩坐第一的最「得意」的一次購物經驗。雖然要真正去飛行，我既無體力也缺乏冒險犯難的精神。

我想到的並不是挑戰美麗的大自然，而是就商品的設計來看，「吾川天空公園」顯然投入了相當的創意和巧思。現在它似乎已經成為宣傳高知的重要賣點了，不過以上純屬一個「縣」粹（小小自戀狂）主義者的個人看法。

二〇〇五年十月

【回顧一語】後來我也把這段經驗寫進了《來觀光吧！縣廳款待課》。當時載我的那位教練，該不會到現在還在說「我載過有川浩」吧？

食物的繪圖日記

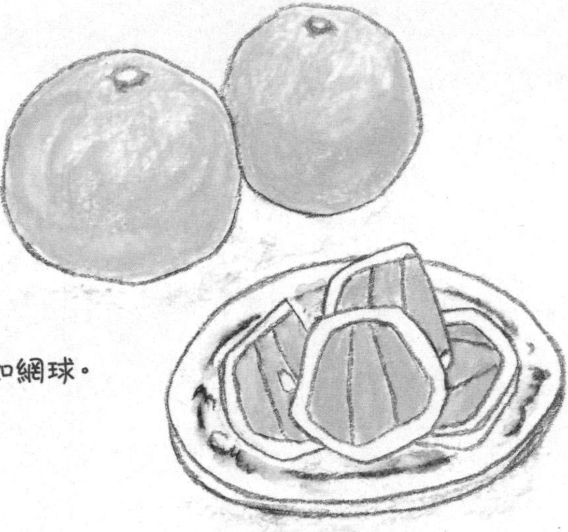

大小如網球。

小夏

KONATSU

高知特產的一種橘子。初夏是盛產期。如詩如畫的名字，想不想嚐嚐看呢？

像削蘋果一樣用刀子削去表皮，
再像切桃子一樣地斜切成塊。
是帶點酸味的甘甜。
連著白色的薄皮一起吃。
淡淡的甜味更能帶出橘子本身的風味。

※水果番茄

フルーツトマト

有著水果甜度的番茄，
可能因為產地是鹽分較多的高地。
因為我不能吃番茄，
所以沒吃過，不過這是我送禮時特受好評，
相當於祕密武器的特產禮品。
自己不吃卻最得意的好東西。

小小顆。
乒乓球大小。

不像話的紅，紅到畫不出來。
即便用水彩色鉛筆塗得滿江紅，本尊還
紅得多。像寶石一樣。

超大顆，
像手球那麼大。

文旦

BUNTAN

這也是代表高知的一種柑橘類。跟小夏一樣要用刀子
去皮。用手直接剝，指甲會掉掉。先一刀切去頂端，再
把表皮分成四等分，然後再唰唰地分別剝除厚皮。

微微的苦澀和高雅的甘甜。
高知人最愛吃文旦。
非常爽口，會一口接著一口吃光光。
一個人可以輕鬆吃掉一整顆。

不知道為什麼，高知人都是用刀剝皮的。
橘子尤其如此。所以與其用手剝，
用刀說不定更容易親近它的美味。

二〇一〇年九月

【回顧一語】以前不管出遊或者去哪裡，我總是很習慣把旅行的點滴畫在素描簿上，取代相簿。畫得不好可是很享受畫圖的樂趣，所以過去總會隨身帶著三十六色的水彩色鉛筆，只是最近用的機會明顯減少了……

蕨菜、虎杖

蕨菜。

虎杖。

在我的出身地高知，說到野菜，就屬這兩大巨頭了。

先說前者。與其說它是食物，不如說它的玩性更強。像是一種附隨伴手禮的休閒活動。

蕨菜這玩意兒，通常和雜草混生在一起，但是在習慣山野的人眼中，不管雜草長得多茂密，一眼就能找到它。

這裡有，這裡也有，啊，那裡也是。偶而上山的人要是經過它卻錯過了，然後被其他人發現，會「揪一」（※相當、極度地）悔不當初。

採蕨菜就是這種感覺的尋寶活動。要是一家人同行，會立刻出現競爭感。父母動作最快；通常年紀愈長，愈是練就了一雙好眼力。

孩子們則是依年齡排名。年齡愈大的，眼力也愈好；年齡最小的往往會因為自己找不到，眼巴巴地看著哥哥姊姊戰功彪炳而怨聲載道，喊著「無聊、好累」，然後「嘔在心裡」（※感覺彆扭、不開心）。

在去年留下的蕨菜枯枝裡，今年一定會生出新的來。這也是採蕨菜的常識，所以總是先到先贏。

而且這時候孔融讓梨的道理完全不管用。大夥會只管享受自個兒的尋寶樂趣，所以當年幼的知道要求家人讓他是行不通的時候，心裡還會更嘔。

不過享受完尋寶的樂趣，採了一大袋滿載而歸，一回到家，這些寶物立刻會變成一份令人頭痛、難處理的伴手禮。雖然它能作成的菜色沒幾樣。問題是，下鍋川燙、去除湯垢，然後作成醬油或其他各式涼拌，不論怎麼煮怎麼吃，剩餘的蕨菜量幾乎沒啥減少。

剛開始是挺好吃的，可要把特大號塑膠袋裡的蕨菜全部吃完，還真會要人命。

但是採的時候大家永遠不會想到這一點。不管人家怎麼問：「為什麼要採？」頂多只會得到一種答案：「因為蕨菜可以吃。」儼然一副腦內啡分泌過量的狀態。

再說虎杖。以前我一直以為這種野菜在四國只有高知人會吃，沒想到最近幾年吃虎杖的文化已經傳到了四國其他各縣。早在不知道多少年前，就聽說有些農戶的大叔會開著小發財遠征德島和香川，採回滿滿一車未經人工、自然生成的虎杖回來賣，最近則聽說，去的時候發現已經有人採過的痕跡，表示當地人也開始吃起來了。甚至近來還有從其他各縣向高知反傾銷的情事發生。

虎杖分成分枝很多的和粗粗直直一根的兩種，但是直直一根的味道較好。而且如果任它長大，會長到小孩子那麼高。

因為虎杖在下鍋川燙、去除湯垢之前得先去皮，料理手續比蕨菜麻煩，所以很多人會去店家購買已經去完湯垢的現貨，不過我倒覺得在口味和應用上，虎杖比蕨菜強得多。至少在高知，很多人都說虎杖比蕨菜好吃。即便只是作成清淡口味的乾燒或乾炒就很下飯，也見過有些餐廳堆出了虎杖義大利麵和中式炒虎杖之類的菜單。

不過呢，了解了虎杖之後就知道，它缺少了採蕨菜的那種玩性。單就這點，確實是挺無趣的。

玩性強的蕨菜。

味道好的虎杖。

嗯，你選哪一種？

二〇〇七年二月

【回顧一語】這是一篇我試著用土佐方言寫成的隨筆。由於我的野菜探測器至今依舊存在，經過高速公路時，總會掃描到路邊蕨菜的枯枝。尤其是地方上的高速公路，不知為何看到的野菜特別多。每次看見叢生的楤木，都會深切期盼「春天快來！」

心愛的地方吉祥物「鰹魚人」

代表高知縣的地方吉祥物「鰹魚人」，今年夏天席捲了各大媒體。

說起來好像我有先見之明一樣，但是不好意思，三年前我就愛上鰹魚人了。在他還沒正式出道以前，我甚至曾經到處向編輯強行推銷過鰹魚人的周邊商品。

就是因為他的設計讓我印象深刻。人類的身體配上整條鰹魚的腦袋，穿著一件大相撲的丁字褲。他的個性也極為鮮明。是一種好惡立判的設計，一種不搞花俏的可愛。

作成了真人大小的實物後，我更確信他融入背景環境的能力不容小覷。一眼望去，最先映入眼簾的一定是他那立體模型式的設計。

原本我還以為他是高知縣的官方吉祥物，看了新聞才知道擁有商標權的是「山西金陵堂」，一家高知縣的點心、禮品廠商。設計者也是這家公司的朋友。

後來我前往採訪，在辦公室迎接我的是董事長山西史高先生——年方四十的大帥哥。

「其實我們本來並不打算公開公司的名字的。」

年輕的社長苦笑著說。

「因為鰹魚人就是鰹魚人。權利由誰擁有都無所謂。雖然商標是由我們公司設計的沒錯，可是我們始終認為鰹魚人是『高知的吉祥物』。所以當縣政府活動需要他時，我們都會無償提供。」

坐在社長旁邊的則是設計這個令人耳目一新的吉祥物的親生父母。這位設計師的名字至今從未曝光，所以沒有人知道他就是鰹魚人的設計者。

「賦予吉祥物生命的，是採納鰹魚人的設計，並且一路養育他的社長，還有為了鰹魚人四處奔走的熱心人士。設計師不過是生出了他的造型而已，所以我一點也不打算以此沽名釣譽。」

事實上，這位設計師在接受我的採訪之前，從未接受過任何一次採訪。這次是因為聽說採訪者是個「同鄉」的作家，才勉為其難地接受了。

「因為如果有人主張他擁有鰹魚人的權利，那這孩子鐵定死路一條！」

社長在說「這孩子」的同時，正滿懷愛心地撫摸著鰹魚人的小人偶。一旦相關的公司或個人為了生意而開始爭奪商標的權利，這個吉祥物的光環將立刻消失，最後只會淪為一種「生財工具」。

社長用一句話便一針見血地指出了問題，「死路一條」。也許只有真正有心為地方奉獻，有心呵護、培育地方吉祥物的人才可能說出這樣的話吧。

「我們只是希望他能變成我們縣的吉祥物。但是，如果讓民間企業擁有他的商標權，這件事情恐怕就難以成功。」

最後出面化解這個問題的是高知縣知事，尾崎正直先生。最後他英明果斷地下令，任命鰹魚人為高知縣特產直營店「Marugoto高知」的公關大使。

堅持不願曝光的設計師、願意放棄商標權的在地企業，還有願意接受鰹魚人的縣府大家長。我相信如此奇蹟一般的組合，已經為我們照亮了鰹魚人的未來。

縣府的諸位，接下來請記得找我喲，我已經被任命為高知縣的觀光特使啦！

二〇一一年十月

【回顧一語】鰹魚人後來居然還一派自然地跑去特產直營店上班了。很榮幸的，我也被設定成鰹魚人君的女朋友，所以他都叫我小浩。

還要記得約我唷。

◆由海洋堂製造的第一代立體模型！
由 UNION CREATIVE 負責公仔銷售

Vinyl Factory
鰹魚人
銷售：Vinyl Factory
製造：海洋堂
カツオ人間 ®

雪的懷想

在我的故鄉高知，正如它的別名「南國土佐」，是幾乎不下雪的。儘管我在高知的生活只到高中畢業，那些年裡，在高知市內我也只經歷過兩次「積雪」。第一次是小學的時候。

雪大約積了十公分吧。光是小雪飄飄，消息就足以登上當地的報紙。高知就是這樣的地方，下雪可是條大新聞。父親跑來叫醒我們這群孩子，喊著「積雪囉！」記得當時我興沖沖地穿好衣服，然後在白色的積雪上留下自己的足跡，所以我想那天應該是個放假天。

我們家位在山邊的住宅區，從山腳往上，有一條綿延至少一公里的斜坡路。那天我們從斜坡路的頂端往下走，看到山背那邊的積雪還更深。斜坡路上除了人的腳印外，連一條車子走過的痕跡也沒有。因為在高知，沒有人家備有雪鍊，所以當天高知的居民當然也不可能知道怎麼從山上把車開下山。然後，我們看到了一種奇特的腳印。

那個腳印看似一雙長約一M的竹筷子，從山腳向上連綿，呈現倒八字的形狀。究竟是哪種生物或交通工具會留下這樣奇特的痕跡呢？就在幾個孩子歪著頭胡猜亂想的時候，腳印的主人嘿咻嘿咻地從斜坡路下一路爬了上來。是位踩著雪板的叔叔。登山外套加防寒帽加護目鏡，叔叔全身上下的打扮是我們只有在電視上看過的滑雪裝備。

叔叔來到了我們所在的位置，隨即一拐一拐地轉過身，然後咻地往下方滑溜了下去。他是我這輩子第一次看到的「滑雪者」。會特別挖出滑雪用具，在那個幽靜雅致的住宅區爬上滑下，可見叔叔應該是超興奮的吧。而且雪道上已經留下了好幾道滑過的痕跡。

第二次是在我國中的時候。當天是平日，積雪把操場變成了一大片雪地，我們被要求到操場集合，學校宣布第一節停課，直接改成親雪時間。多麼有人情味的安排。

幾天前，東京下起了大雪，正巧我因為工作人在東京。看著把整個東京染得雪白的積雪，我第一個想到的是，電車時刻表肯定大亂的麻煩。

當年想在雪道上留下足跡的興奮之情，如今僅存留在記憶裡。童年已經是三十年前的往事了，而今我也離開了積雪會被全縣居民視為大新聞的故鄉。回想起來，真是好遙遠好遙遠的記憶，陣陣的寂寞不覺閃過心頭。

本文為首次發表

【回顧一語】這原本是一篇我寫完之後並未發表的短文。現在它總算見到天日了。

當了作家以後，我覺得心中擁有一處鄉間的故鄉，對於身為作家的我是件強大的武器。

不只是作家，熱愛自己原生的土地這件事，其實也是我個人生涯中的一個指標。

遺憾的是，許多同鄉並不懂得善待本地出身的名人。有些人甚至會胡亂地批判全國知名的作家或文化人：「那種人沒什麼了不起。在地的仕紳才偉大。」就連如我這般的後生晚輩，也曾多次受到同鄉的指摘。只不過我寧願相信那並不是所有同鄉共同的想法，寧可選擇繼續保有我對家鄉的那分愛……

受到同鄉的指摘，而仍舊願意為故鄉克盡棉薄之力的人，恐怕並不多。我曾經聽過不只一位作家和藝人說過：「我絕不會接受來自故鄉的演講邀請。」也聽說過，他們最受不了那種會說，你是在地人，當然就該為地方服務！之類接連不斷又沒有禮貌的邀約。

和同鄉的人才相知相惜，彼此尊重，對地方來說，是個多麼難能可貴的緣分哪。

因為絕大多數離鄉背井的人其實都希望能在故鄉尋獲知己，並且盡力為故鄉做點什麼。

我殷切期盼，為了活化地方，但願大家都能懂得善待和自己來自同一塊土地的人才。

特別收錄小說1

他的書架

本篇首次刊載於書評雜誌《達文西》二〇〇七年八月號第一特集「最親近卻最遙遠的你……單戀文庫」中的短篇小說。在雜誌上與玉木宏的攝影集共同刊出。

說自己的興趣是讀書，常常會得到以下這種回應。

「好厲害喔——」

對自懂事以來把讀書視為普通興趣的長澤英里子來說，這樣的回應存在著幾分無奈。所謂興趣便是個人的樂趣，只不過英里子的樂趣是讀書罷了。她無法理解，為了樂趣而讀書有何「厲害」可言。

她一方面只是內心索然地聽著公司同事一再說著好厲害好厲害，一方面她也厭膩了回答說「哪有～」

「妳們不是也有像旅行、美食的興趣嗎？我的書跟這些沒什麼不同啦。」

「是喔，可是我們只是好玩耶～」

「我也一樣啊。」

「不過還是妳比較厲害，因為讀書感覺認真多了！」

在英里子眼裡，其實這群不厭其煩地旅行、逛街的同事才真叫厲害，但是她仍舊無法化解她們「讀書的人比較認真、比較厲害」的微妙誤解。

顯然她們無法理解，比起她們自己的娛樂，買一本書在家或隨意找間咖啡廳就能翻閱的讀書，其實是既省錢又輕鬆的一種娛樂。

之前她還會逐一回答「這沒什麼厲害啦」，可是最近她已經死了這條心。世界可以分成兩種人。讀書的人和不讀書的人。

記得求職的時候，有人教她「在履歷表上寫自己的興趣是讀書，等於是沒有任何興趣的人想蒙混過關」時，英里子還一度為此感到忿忿不平。

厲害。不厲害。她恨不得想逼問他，你究竟是哪個意思啊？

然而，既然現在落腳在這家勉強過得去的公司裡，還是收好這分無奈，等和同樣愛讀書的朋友聊天的時候再一吐為快，說著「她們對讀書的想法真的很奇怪耶～」這樣的話。

「長澤，今天要不要一起吃午餐？」

「啊，我有一本書剛好讀到一半，今天我想一個人吃。下次好了。」

婉拒了同事邀約共進午飯，得到的回應還是「妳好厲害喔——」

「我永遠不會一個人吃飯～要是被人家以為是沒有朋友，那多丟臉啊～」

英里子一邊想著，不會有人注意到我的啦，一邊慶幸自己成功地用「讀書」當作擋箭牌，擋掉了可加入也可不加入的同事午餐會，守住了自己想隨心所欲的立場。

想把午休時間拿來讀書的時候，英里子固定會去一家餐廳。那家餐廳位於恰到好處的小巷中、大小適中的座位和不多不少的來客，還有合理的午餐價格。

店員不太理會客人也是另一個重要的原因。

她選了一處與人保持著適當距離的空位坐下，點了比較便宜的套餐，隨即從手提包裡取出讀到一半的文庫本。是她最近特別欣賞的一位作家的書。

沒有包上書套。理由是——

英里子翻開書本，瞄了一下附近的座位。

英里子選擇了她偏好的靠窗位置，而對方則一定是坐在沒有陽光直射的靠牆座位。大概是因為他總是帶著筆電的關係吧。衣服時而是西裝，時而是便服，便服的品味也不差。

坐在那裡那位和她年紀相仿的男生，英里子經常在午餐時間、在這家餐廳遇見他。

這位被她單方面留意到，又彷彿被她鎖定的男生，在等待午餐的時候也會經常翻開文庫本或單行本。

——啊～我就知道。

今天他讀的書，又是英里子讀過而且喜歡的一本。

那個時候也是因為有一本書讀到一半，英里子決定一個人吃午餐，可是一時心血來潮，途中經過一家書店，看到店頭堆著她喜歡的作家的新版文庫本。旁邊還立著一張推薦字卡「今天上市！」

她二話不說便買了一本，然後決定原本當天的午餐書就此順延，先看剛到手的這本文庫本。

她著迷似地翻著書頁，直到午餐送來，才不得已地中斷閱讀。她闔上書，抬起頭，突然有種似曾相識的感覺襲來。坐在英里子斜對面的餐桌，面對著她的那個男生正在入神地看著一本文庫本。

定睛一瞧後，英里子剝開包在剛才讀的那本文庫本外的書店附贈的書套——書套下露出了同樣的封面設計。

他也是今天說買就買的人耶！英里子心頭湧起了一分莫名的親切感，然後也剝下了書套，露出封面，把書本放在餐桌的邊角，以免被調味汁或醬料噴到。不可否認的是，要不是對方的外貌正好符合她的偏好，她也不會這麼做。

英里子吃完了餐盤裡的午餐，正準備邊喝咖啡邊繼續讀書的時候，這會兒輪到他的午餐來了。

她驟然意識到，暫停讀書、抬起頭來的他留意到了自己。不出所料，他也覷了一眼她讀到一半放在一旁的那本文庫本的封面。

感覺就像完成了一次小小的惡作劇，直到午休結束，讀書又多了一種樂趣。

後來在同一家餐廳，英里子偶而又會遇見這個男生，並且發現無論在類型或年代方面，他和自己閱讀的偏好都非常相似。

有時候英里子帶了文庫本，他讀的正好是同一本書的單行本，有時候則是正好相反。也許在計算對方看了哪些書的只有英里子吧，但是看著數字不斷增加，英里子覺得很是開心。從此以後她就再也不為自己讀的書包上書套了。

而且，她發現自己不知不覺之間，期待著能在這家餐廳再遇見到他。這樣的心情就好比隨著書本數量的增加，不斷地倒水進去的一只透明的杯子。

我和你讀的書幾乎一模一樣。

如果主動向對方這麼說，他一定會一臉錯愕，覺得她是個奇怪的女人吧？
可是杯子裡的水就快滿出來了。因為他居然也有那一本二十多年前的初版文庫本。
那本你覺得怎樣？這本你覺得怎樣？你喜歡哪一本？我喜歡這一本。
好想跟他聊一聊這些話題。如果要為這即將滿溢的杯子裡的水命名的話——
對於在那家為了讀書而找到、而常去的餐廳裡，連相遇都八字還沒一撇的，擁有和自己幾乎一模一樣書架的他。
如果說這是戀愛，不知道會不會被人嘲笑？可是，如果把被人嘲笑和主動告白擺在天秤的兩端呢？

如果現在，正在讀的這本書剛好讀完了……
如果到時候，他還是常來這家餐廳……
英里子一邊思索著這些，一邊閱讀著那本書。那本書，她只會在午餐的時候讀。而不在上下班的路上或在家裡讀。因為她擔心如果自己太快讀完它，到時候心裡卻還拿不定主意。
慢慢讀，慢慢地讀。
但願讀完以後，我能鼓起勇氣。

那是一本培養愛情的書。英里子刻意挑選了厚厚的文庫本，然而就在內心的禱告聲中，剩餘的頁數再吃幾頓午餐，讀完的時刻即將到來。

fin.

【回顧一語】一直希望有一天還能繼續寫續篇，只是遲遲沒動手。

特別收錄小說2

柚之香

本篇首次刊登於二〇一一年八月，是以入浴劑和小說組合販售的「Hot文庫」（BANDAI萬代）系列的短篇小說。「Hot文庫」的小說內容共分為六種類型，皆是以顏色和香味為劇情分類的關鍵字。隨附的入浴劑則重現了書中所描述的顏色與香味。有川浩所撰寫的，是以高知的名產「香柚」（ゆず）為故事的主題。

＊

她父親的老家是個產香柚的小山村。

在那片土地上，有好幾條壯濶寬洪奔流入海的河流。他們逆流而上的正是其中的一條。

車子沿著蜿蜒的山路爬了約莫一個小時，眼前的天空逐漸變窄。在海岸邊看到無盡開展的天空，漸漸被山的稜線切成了鋸齒狀，變得又小又遠。

途中山路縮成了一線道，路面狹窄到對面出現來車時，幾乎無法錯車的程度，於是本地的司機練就了一身一邊繼續行進，一邊尋找錯車用的避車空間的本領。偶而碰上迎面而來的是外地人，他們既不知道哪裡有避車空間，也缺乏倒車進入路邊羊腸小徑的本事，只好硬是進而不退。

「唉呃，你只要稍微後退一點點，我就過得去了呀。」

父親也經常皺著眉頭，非常熟練地把車子倒入路邊的小徑裡。

那兒是個多雨的地方。大雨洗淨空氣，過後常會留下薄薄的霧靄。或者明明陽光普照，長在道路兩側山坡上的蕨類卻裹著水珠。

——終於，山村的聚落一下子映入了眼簾。

一處房子緊緊扒著山坡地的小村落。過去，它也曾因為伐木業而盛極一時。據說戰後因為敵不過便宜的進口木材，原本盛產的杉木再也無人問津，於是村民開始栽種香柚，取代了昔日的產業。

初期並沒有立刻步上軌道。因為人家願意高價收購的香柚，是沒有半點傷痕的漂亮果實，可是村裡採收的香柚盡是傷痕累累的。村子裡面老人居多，無力爬上位在陡坡的果園，替果樹消毒或修剪枝葉。傷痕累累的香柚果實只能用作加工的原料，收購的價格低得可憐。

於是村民心想，何不來自行研發加工品呢？經過長期的錯誤嘗試，才總算成功開發了許多的香柚產品。

香柚結果的晚秋，是村子最有活力的季節。山面上的果園結滿了纍纍的黃色香柚，為山村增添了其他季節沒有的色彩和喜氣。更開心的是——

每逢這個時節，住在城裡的至親好友都會到此聚集，協助採收香柚。

她家以前也是。雖然她的父親當時已經搬離了村子，在縣府所在地的銀行任職，但她的爺爺奶奶仍留居老家，在採收的月份，一到假日，父親總會領著一家大小返鄉幫忙採收。就連當年還是小學生的她，也被牢牢地算作需要的人手。

她當然不可能拿起剪子在陡坡上採香柚，不過諸如搬運或擦拭被集中在香柚加工廠的香柚果，足夠讓孩子們忙裡忙外的工作可多著。

稍微長成大姊姊以後，則會負責剁碎用以製作佃煮和香柚茶的香柚皮。以固定節奏哆哆哆哆哆地響的砧板，是一種微微令她嚮往的成人世界的音色。

全家總動員的獎勵，是瓦楞紙箱裡裝滿的香柚，和現榨的香柚醋。一家人會迫不及待地在冬至之前，就先行泡進水面漂浮著滿是香柚果實的浴缸，泡完澡後，還有加了滿滿的蜂蜜，再兌入溫水的香柚醋等著伺候。為求延長保存期限而加了鹽巴的香柚醋，可不是用來喝的。還未添加鹽巴的現榨原味香柚醋，是這個時節才有的奢侈品。

總之，她的童年從來不缺的就是香柚。

所以——

「搬到城市以前，我從沒想過香柚居然這麼貴！」

時間大概是冬至的前後吧，她對著大學時期認識至今的男性友人，說出了這句話。

由於工作上累積了一些鬱悶，一早在電視上看到冬至的特別節目，讓她也想來洗個久違了的香柚澡——沒想到下班回家途經超市，卻讓她嚇了一跳。一顆顆香柚被誇張地包著保鮮膜，要價有的兩百，有的三百。

她心想：可能是超市的比較貴吧。隨後繞到蔬果攤一瞧，價位居然也相去不遠。

「以前我都不知道，香柚是種頂級的水果。雖然仔細想想，調味用的配料本來也就比較貴。」

「呃，是喔。」

若有所悟地點著頭的他，雖然一個人住，但是從來不會費事地自行下廚，想必是頭一次聽說配料的行情吧。

「可是，國中的時候妳不是因為妳老爸調職，搬到外縣市了嗎？怎麼會現在才知道它的行情價？」

「因為……」

她笑著淺淺酌了一口玻璃杯裡的香柚酒。每當她看到菜單上有香柚，就會近乎條件反射的點一份。現在一般的居酒屋至少都看得到香柚沙瓦，但是卻很難找到口味比得上她童年時的香柚醋。不過，這家店的香柚酒味道倒是挺不錯的。

「即使孩子們出外打拚，我鄉下的爺爺奶奶，每逢產季一定都會寄給大家一些田裡的收成。而且量都很多。」

「喔，妳是說……」

他似乎明白了她的意思。

「對呀。每逢冬至，他們一定會寄來一個紙箱，全是香柚。所以多虧有爺爺奶奶在，就算搬離了老家，我們家裡以前從來沒缺過香柚。」

「原來如此。」

他點頭時，眉毛呈現了八字形。那個表情像是在說：「對不起。」——你呀，就是這麼地善解人意。

後來她的爺爺過世，奶奶也過世了。之後再也沒有親人會從山村裡寄香柚來了。

不過，她的父親照舊和他出生、長大的村子裡的朋友們保持著密切的聯繫，每年還是會收到他們分送過來的香柚——

可是，三年前父親也過世了。這段時間正好足夠她和父親的朋友逐漸疏遠。和哥哥一家人一起生活的母親那兒，偶而還會接到他們的問候，但是遠離故鄉獨自生活的女兒，已經再也收不到來自山村的信息了。

提到故鄉，她總會想起那個小山村，雖然那兒並不符合故鄉的要件。父親在家排行老二，沒有立場把骨灰葬在祖墳，所以過世以後，同住的哥哥為了讓母親便於常去掃墓，就把父親的墳建在自己生活的關西地方。

而且爺爺奶奶的大型法會都已結束，要是沒什麼特別的事，老家的人應該不太可能會來邀他們回去。

以前可以探望的爺爺奶奶不在了，曾經在蜿蜒的山路上熟練地開車的父親也不在了，如今那個山村，要她一個人晃蕩回去，也稍嫌遠了點。

而曾經近在咫尺的香柚香也隨之遠去了。

「所以囉，直到年過三十我才知道香柚的行情價。」

是喔，他再次點頭示意。

「可是，那天我真的很想洗個香柚澡。而且要的是那種滿室的香柚香。」

「那，一定很花錢吧。」

不會，她一本正經地搖頭，他則疑惑地歪著頭。

「妳買到便宜的香柚了？」

「不是。」

然後她玩笑地舉起一根手指頭。

「我只買了一顆。」

「……可是，豈不就沒有滿室的香柚香了？」

「還是有啊。」

她決定向頭歪得更厲害的他說出她的祕密。

「我啊，把一整顆香柚細細地切碎，然後塞進不織布的袋子裡。加上套房的浴室很小，結果就滿滿都是香柚的香味啦！」

喔～他露出一臉彷若聽到謎底揭曉一般的表情。

「那個成語，什麼人窮志短，根本是騙人的。人越窮，其實就越懂得過窮人的生活。」

——不過。

當她意識到，這輩子恐怕再也沒有機會泡進水面漂浮著滿是香柚果的那種奢華的浴缸時，一時間感覺吸入香柚香的胸口便會開始隱隱作痛。

好想回老家去喔——本來她並沒打算把這句話說出口，可是當她看到他「嗯？」地歪著頭時，才發現自己說溜了嘴。

「沒事沒事，對不起。」

倒是你啊……她開始轉移話題。

「你還是在作鋼彈嗎？」

「沒啦。我們公司也不是只作鋼彈。也會發展其他的事業。」

「咦，可是你不是很喜歡鋼彈嗎？」

他應該很喜歡這部在他小時候電視播映過的機器人動畫。她是在學校的社團裡認識他的，當時社團裡的男同學老是熱烈討論著鋼彈的話題。

後來她還經歷過一次慘痛的教訓，只因為女同學們不經意地問了一句：「有那麼好看嗎？」便當場重重地激起了男生們一種難以理解的同情心，說什麼那麼有名的作品居然沒看過是何等的不幸，還聯手解釋了劇情的內涵、角色和一堆經典台詞。

不過也多虧他們，她雖然從未看過當年的首播，卻糊里糊塗地知道，隊長機是有角的，敵方的英雄人物開的是紅色的專用機。

「前不久我看了一個由搞笑藝人大談鋼彈的節目，嚇了我一跳。經典台詞和角色什麼的，我居然全都記得。」

「不錯不錯，這表示我們對妳的教育很成功。」

「成功你個鬼啦，你看怎麼辦，讓一個好好的女孩子學到一堆完全派不上用場的知識！」

「總有一天會派上用場的啦，會讓喜歡鋼彈的男生愛上妳。要我的話，如果有女生第一次見面就能跟我聊起了蘭巴・拉爾，保證會大大提升我對她的好感。」

說完這段蠢話，他彷彿回想起了什麼似地笑了起來。

「在我們這個世代，鋼彈就像是男生之間共通的語言。只要聊到這個話題，當場一定會變得嗨到不行。在社團裡大家第一次見面的時候都緊張得要死，這時候只要有人起個頭，問說『你們喜歡的MS是哪一台？』男生之間那種陌生的隔閡會立刻消失得無影無蹤。」

她沒想到在女生不在的時候，竟然會有這種事情發生。

不過她覺得，當中說得最興奮的肯定就是他了。

「所以當你確定被公司錄取的時候，我超感動的，果然是傻人有傻福。」

「傻人有傻福？過分耶妳！是有志者事竟成好嗎！」

他嘟起了嘴。表情像孩子一樣的可愛——跟一個三十好幾的男生說這種話，我在想什麼呀！她自顧自地苦笑。

「唉喲，我還一直以為你每天都在開心地作你的鋼彈耶。」

「那當然也是我們公司眾多事業中的一部分，但是還有很多事情啦。不過呢，就算這是一家以生產鋼彈而出名的玩具製造商，也不可能只作鋼彈。雖然這一點我也是進了公司之後才知道的。」

「是喔，那你現在都在幹嘛？」

「一個新計畫……不過那是公司的機密，所以……」

「喔，抱歉。」

她問了一個牽涉到上班族職業道德的問題。道過歉後，他說：「等可以公開的時候，我再跟妳說。」

最後一次點飲料時，她追加了一杯香柚酒，他則點了日本酒加冰。和他出來吃飯的時候，最後點的從來都不是飯後甜點。甜點來得快，吃的也快。她會想拖延聊天的時間，所以最後總會點一杯酒來喝。

不過她並不知道他是怎麼想的。

當天就在她小口小口地嚐著最後那杯香柚酒的時候，店員來提醒要打烊了。

埋單時是各付各的。因為是朋友，這理所當然。

出了店門，他們一邊步向最近的車站，一邊聊了些無關痛癢的話題。他們從不會藉故錯過最後一班電車，然後說再找一家繼續聊，這是他們彼此心照不宣的默契。

要是，在走向車站的這個時候，主動去牽他的手，不知道會怎樣？這件事她想過無數次，但從沒真正實踐過。

「那，掰囉！」

「嗯，掰！」

就這樣，在驗票口前行禮如儀地互道再見，下一次見面是一個月到兩個月以後的事。

不知從何時開始，這已然成為固定的頻率。

*

他們兩人的友誼關鍵其實是來自橘子。

認識他們兩人的同學都把那次事件叫做「橘子之爭」，直到現在仍舊是大家茶餘飯後的笑談。

雖說社團名稱是英語會話社，但簡單說來，其實就是在輕鬆的氣氛下用英語聊天的一個團體。社員們常會聚集在社團的教室裡，針對一個主題發表演講或進行討論。不過當討論熱絡的時候，大家會索性放棄英語，直接用日語交談，所以並不是那種正經八百研究外語的團體。

事情就發生在她剛入社不久，那一天的主題是「我最愛吃的水果」，在由新生輪流發言之時。

輪到她了，她開始講話。

「My favorite fruit are mandarin oranges.（我最愛吃的水果是橘子。）」

「Mandarin oranges from my hometown are not produced in great quantity but they taste the best in Japan.（我家鄉生產的橘子，產量不多，卻是日本最好吃的。）」

然後，當她正準備繼續說，家鄉的橘子體型雖小，皮卻很薄，而且酸酸甜甜得恰到好處的時候——

「I object!（我有異議！）」

有人提出了反對的意見。她很不悅地仰起下巴，是怎樣？只看他正不情願地噘著嘴，舉著手。

「The most tasty mandarin oranges in Japan are produced in My hometown.（日本最好吃的橘子，是我家鄉生產的。）」

——他的家鄉是靜岡。

於是兩人開始用結結巴巴的英語你來我往，終於，他們兩人放棄了英語對話。

「要說橘子，我絕不讓步！我老家可是全國產量排名第三的橘子產地，而妳家的根本默默無聞！」

「產量多就了不起嗎？重要的是味道，我們家的雖然因為產量少，所以沒法賣到全國各地，但是好吃就是好吃！」

「妳是說靜岡的橘子難吃是吧？」

「我是說我們家的橘子絕不會輸給你們家的！」

正當其他同學都看傻了眼，有同學嘟囔著，不過就是橘子唄，你們有必要搞到這樣臉紅脖子粗嗎？結果兩人卻異口同聲地頂了回去：「事關我們老家的聲譽耶！」

眼看爭執有如兩條永不交錯的平行線，社長出面協調了。

「這樣好了，等到橘子的季節，你們兩個找人從老家寄一些過來吧。到時候在這裡當場吃了一決勝負，但是在比賽之前，嚴禁有關橘子的爭論！有異議嗎？」

雖是百般的不願意，結果他們還是收起了盾劍，風波暫時平息。

可是，之後還是起了一次小衝突。

「The most well-known product in my hometown are eels.There are lots of fantastic eel restaurants in Shizuoka, which is the home of the most delicious eels in Japan.（在我的故鄉，

有一種名產叫鰻魚。靜岡的鰻魚名店多不勝數，是鰻魚最美味的產地。）」

這回針對他的發言提出「I object!」的是她。

「There are many clean and clear rivers in my hometown where you can catch a lot of wild eels. They taste indescribably good and they are as eels from his hometown.（我的故鄉有很多條清澈美麗的溪流，可以抓到很多很多野生的鰻魚。它們的美味難以形容，絕不輸給他故鄉的鰻魚。）」

「Why don't you describe it? This is English-speaking society after all.（為什麼難以形容？這裡是英語會話社耶！）」

最終社長下令「禁止你們再提起『最……』這類的字眼！」才又暫告平息，不過從此以後，兩人轉而為著一些和家鄉無關的話題，繼續相互頂撞。

起初雙方只是本著一股不服輸的精神，但是後來卻慢慢演變成了一種娛樂消遣。

一方這麼說，另一方就非得頂上個幾句。甚至會期待對方來吐嘈，要是他什麼話也沒說，她反而會感覺有點掃興。她想他八成也是這樣。

很多時候，就在針鋒相對的當口，他們還會因為四目相交，而突然一起忍俊不住地爆笑起來。

她還發覺，和他為著一堆毫無意義的瑣事你來我往，其實是件挺開心的事，而且自己英語會話的能力也因此進步了不少。

「嗄，妳沒吃過店裡面的鰻魚？」

不記得為了什麼他們聊起了這個話題。只記得發生在鰻魚之爭過後不久，社團教室裡就他們兩個人。

「對呀，因為我們家吃的都是我老爸和我爺爺從溪裡釣來的。」

「是喔，溪裡真有鰻魚任你們愛怎麼釣就怎麼釣喔？」

因為靜岡的鰻魚幾乎都是人工養殖的。

「在我們家，我爺爺是釣鰻魚的高手。我爸一個人去的時候，倒是常會無功而返。」

「鰻魚要怎麼釣啊？我完全無法想像……用一般的釣魚竿嗎？」

「我家好像都是用籤釣的。」

「籤釣？」

看到他詫異的表情，她才知道這顯然不是個大家都知道的字眼。

「一根像這樣，這麼長的細竹竿。」她張開雙臂筆劃著。大約一公尺多。

「在前端裝上鉤子，再把勘太郎鉤在上面。」
「等下等下，勘太郎是啥？」
對了，這又是一個無法通行全國的名字，得補充說明才行。
「你沒看過嗎？一種很大隻的蚯蚓。藍黑色，又粗又長的。三十公分左右。」
「會不會是山蚯蚓？」
她還是第一次聽到山蚯蚓這種稱呼。聽他描述的特徵，應該就是沒錯，在她老家都叫它勘太郎。
「總之就是鉤上勘太郎，然後把竹竿插入可能躲著鰻魚的石縫裡。」
「那，要潛到水裡囉？」
「對呀。要穿潛水服，在河裡嘩嘩地走。」
「這也叫釣魚？跟我對釣魚的印象完全不一樣……」
「沒禮貌，是貨真價實的釣魚～」
至少這是她老家最主要的釣法。
「然後呢，石縫裡如果有鰻魚的話，它會上鉤，只要輕輕地把它鉤出來，就逮到它了。」

是喔，他瞪大著眼睛。

「靜岡不是這樣嗎？」

「可能有些人也是這樣吧，可我是城裡長大的……我爺爺奶奶家以前也都在市區。」

除非切入對抗模式，他其實是個很樂於聆聽分享，相當不錯的聽眾。他會一邊聽著，一邊誠實地對自己不知道的事情表達心中的感動，所以她也因此樂在其中，話總會變得特別多。

「另外我們也會設機關捕鰻魚。」

「機關？是說陷阱嗎？」

「對。一種叫做竹筒子的漁具，用竹子編成的簍子，開口的地方竹子向內折，作成倒鉤，鰻魚游進去就出不來了。會先在裡頭放進蚯蚓，然後把它沉入水中鰻魚可能經過的地方。」

「那，一次要沉水裡多久鰻魚才會游進去？」

「要看運氣吧。我記得我爺爺每次都會放好幾天。」

說到在家裡宰殺捉來的鰻魚，他又開始瞪大眼睛了。

「我家從沒自己殺鰻魚的習慣耶。怎麼殺呀？先把頭剁掉嗎？」

「頭剁掉就沒法殺了啦，就沒法釘住它了。」

鰻魚一定要殺活的，可是它會活蹦亂竄，很難下手，所以她家會先把鰻魚冰到冷凍庫裡，等它失去了活動力之後再下手。殺的時候會先把魚頭固定在砧板上，再從魚鰓的後面剔出背骨。為求方便，她家習慣從背部直接開膛。

據說某天她爺爺發現，我們家媳婦竟然不會殺鰻魚！然後就開始教嫁進門來的母親殺鰻魚的方法，起先母親被嚇得差點沒哭出來，還把好不容易釣到的鰻魚殺得七零八落。

「有夠猛的！那妳也會殺嗎？」

「如果爺爺還在的話，我想他應該已經教會我了。」

聽她說話的他在說完有夠猛的！之後，接上了一個「那……」的反問。

啊，他切入對抗模式了！她暗自決定迎接挑戰。

「你說你家那兒有很多好吃的鰻魚店，我們鄉下也不會輸給你們喔。」

聽到這句話，和他十分麻吉的社員立刻探過頭來，說著又準備開打了嗎？結果順著這個鰻魚的話題，幾天以後大家開心地敲定了一個去靜岡吃鰻魚，當天來回的行程。

報名參加的男生女生一度多到合計大約五、六個人，可是最後卻是最低成行人數的兩人同行。

同學們都是以缺錢為由，陸續在出發前臨時取消的。也難怪了，對於正值愛玩年紀的大學生來說，為了吃鰻魚專程跑去靜岡，仔細想想，這樣的行程實在不該排在第一順位。

到頭來就剩下他和她兩個人了。

「怎麼辦？」

先開口的是她。

「要取消嗎？」

對她來說，到店裡吃鰻魚是她有生以來的頭一遭，而且是跟著他去他精挑細選的店家，所以其實還滿期待的，可是兩人同行可就尷尬了。

因為兩個人從東京跑去靜岡的偏遠郊區，這根本就是約會嘛——她不由得這樣想，真是既尷尬又害羞。

「妳想取消嗎？」

給他這麼一反問，她語塞了。要是點頭的話，好像說她不喜歡跟他一起去，可能會傷及這段友誼；要是搖頭的話，就表示自己超想去的，感覺又有點那個。

「我都可以……」

在不冷不熱地回應的同時，她盡可能地壓低了自己的語氣，好讓話中附加一點「可是，我本來滿期待的」的意味。

「那就去吧。」

他回答得很快。

「本來我就只是想讓妳吃吃看的，其他人不過是搭順風車罷了。」

什麼嘛！早知道我就直說兩人同行也ＯＫ了！她又覺得掃興了。

結果這場決定以最低成行人數的兩人同行，靜岡當日來回的鰻魚之旅，他們連續跑了兩家由他精挑細選的店家。

「感覺如何？」

問話時他那得意的表情是有點討人厭，但是不承認好吃又有失公允，所以她也只能說好吃了。

「做法好像不大一樣。很好吃，雖然是人工養殖的。」

她暗指還是野生的比較好，緊接著再附加一個「要是」。

「要是鰻魚湯裡能有鰻魚內臟的話，那就再好不過了。」

他疑惑地歪著頭，好像在說「……什麼意思？」

「因為我們家為了讓每個人都能吃到內臟，一定是家裡有幾個人就釣幾條回來的。」

她家是個五口之家，去鄉下時，加上爺爺奶奶總共七個人。

「一次要釣到七條鰻魚可沒那麼簡單。就算是豐收，平常五條就了不起了。所以呢，內臟會由釣魚的人，也就是勞苦功高的爺爺和爸爸優先囉。然後得敬老尊賢，就是奶奶，再來是辛苦下廚的媽媽，剩下的就由大家剪刀石頭布。」

「大人不會讓給小孩子……嗎？」

「在我們家裡，才沒那種天真的想法。」

「喔～難怪妳會這麼……」

「我怎樣？」

在她追問之下，他只能笑笑地跟她打馬虎眼說「沒啦，我是說難怪妳會這麼健康～」

好，時間終於到了。兩人的一決勝負時刻就在入秋時分。

這場經由社長居中協調，一度擱置的橘子對決即將展開。事前她託了父親幫她從鄉下寄來，而他也請了家人挑選了上等的好貨。

「你們居然還記得喔！」

社長則是一臉驚愕，本來還想這兩人相處得挺融洽的。不過融洽歸融洽，一碼歸一碼。

故鄉之爭豈可輕言退讓！搞不好，正因為相處融洽，兩人反而更期待著這場君子之爭。

先把兩邊的橘子分給同學們，每人共得兩顆。他和她則各拿一顆對手的。

由他們兩人先剝開吃下一片。

同學們則嚥著口水在旁觀戰，緊張地面面相覷。

「……我說啊。」

「怎樣？」

沒等他把話說完，她已經知道他要說什麼了——八成。

「我啊，永遠最愛吃我老家的東西了，不過呢……」

嗯，我也是——不過。

「我們就當彼此是可敬的對手吧，你覺得呢？」

「我沒有異議。」

「那……」

他伸出手來，而她也握了過去。

這雙緊握的雙手，被大家視為這場橘子之爭的結束，同時他們兩人始終聽到同學們傳頌著這段故事，直到他和她畢業。

*

「你們為什麼不交往呢？我本來以為你們會在一起耶。」

直到現在，認識他們兩人的朋友還經常這麼說。好比在講電話的時候，就像突然想起了似地會定期提起。

被人這麼說，她自己是無所謂，只是偶而會在意，要是他也被這麼說，不知道會是怎樣的感受。

「因為我們只是普通朋友啊。不會想到交往的事啦。」

每次聊到的時候，她總會巧妙地岔開話題，不過會讓她迴避交往這個選項的，其實還另有一段關鍵的經歷。

「妳正在跟他交往嗎？」

一位和她選修同一門課的同學這樣問她。儘管和他的交情不錯，可是他們從未交往過，所以她只能回答說：「沒有。」

「那介紹給我認識好不好？我從以前就覺得他人滿好的。」

如果要想立刻回絕人家，唯一的理由只能是「我也很喜歡他」。不過，這也是事實，她並沒有清楚意識到一種直覺的，非選擇這個理由不可的感覺。然後就在心裡舉棋不定的過程中，不經意地答應了對方的請求。

接著，就在她雖然不很樂意，卻得找機會跟他說這件事的時候——社團教室裡只有他們兩人，他突然開口：「我有話跟妳說。」

他那支支吾吾、難以啟齒的扭捏，凝聚成一種莫名緊張的氛圍。

——她想像著，說不定。

說不定，他要說他愛上我了，那我就有理由拒絕人家的請求啦，諸如此類的。然後就可以跟人家說，對不起，其實我也很喜歡他，諸如此類的。

或許會被人家指責，也或許會把事情鬧僵——說不定我會把事情搞成這樣。

「有同學要我介紹妳給他認識。」

剎那間，剛才她那些沒頭沒腦的痴心妄想一下子全被推翻了——什麼跟什麼嘛。

我就知道！我怎麼可能和他就這麼開始一段戲劇化的海誓山盟！我們不過是聊一些故鄉對決之類蠢話的普通朋友啊！

而他也覺得和我之間的交情，不過就是被要求介紹我給人家認識就輕易答應的程度罷了。

「唉喲，真巧！」

她扯開了嗓門。好掙脫掉閃現在胸中的複雜情緒。

「也有同學來找我，問我可不可幫忙介紹你給她認識耶。」

他一臉的納悶，點頭說：「喔，是喔。」

是喔，那——

「那正好啊，交換同學。」

那就照規矩來吧，他們當場達成了協議。彼此爽快地說定了把對方介紹給同學認識的順序。

然後他的同學問她：「妳現在有心儀的對象嗎？」她說沒有，之後就不經意地交往了。

而他和她的同學情況似乎也很類似。

然後過了一陣子，她和不經意地開始交往的那個男朋友不經意地分手了。而他也一樣不經意地恢復了孤家寡人一個。

「為什麼不繼續交往下去咧？那麼好的一個女孩。」

聽她這麼一說，他緊接著答道：「這句話原封不動還給妳啦！」

當彼此都有男女朋友的時候，他們不經意地自我節制的玩笑，這會兒也跟著復活了，但是彼此之間普通朋友的關係卻變得愈加堅定了。

即便偶而心裡還是會生起幾分猶疑不決似的單純情緒，又會立刻被對方潑上一盆冷水。

一定是哪裡搞錯了，我們就是可以互相介紹朋友的關係呀。

而且，還絕對不會介紹自己沒法坦然面對的對象給對方。

「你們明明就滿適合的。」

就算身邊有人這麼說，她也絕不動搖，絕不猶豫。

之所以和他能聊得那麼開心，正因為我們是普通朋友。彼此想得太多，只會讓我們失去了這分快樂和安全感，一定的。

男女朋友只要分了手就再也不是情侶關係了，但朋友可以是一輩子的朋友。

只要分清楚狀況，我就一輩子不會失去他。

「你們明明就滿適合的。」

直到現在偶而還是有人這麼說。

絕不動搖，絕不猶豫，要分清楚狀況。

既然都過了這麼久，事到如今怎麼可以再猶疑不決，讓一切白白流失？

「別說了啦，你不覺得要是該發生什麼的話早就該發生了嗎？」

「說得也是。」

朋友們都能理解這麼道理。而且每當被理解的同時——

她總硬生生地刪除心底的猶疑，堅定再三地提醒自己，這是最適合我們的關係。

*

不知道又吃過了多少次飯，輾轉過了幾個季節。

「我說啊……」

才進店裡，他就先開口說話了。

「之前，我說過我在公司搞一個新的計畫，還記得嗎？」

「喔～記得。」

是去年冬天的事。當時他無法細述，因為是公司的機密。只說，等可以公開的時候，會再跟妳說。

「商品化的工作終於搞定了。哪，這是上市前的樣本。」
說話的同時，他遞出了一個印著他公司標誌的紙袋。
「包裝還是暫時的，方便的話，幫我試用一下。」
「真的嗎？喔，我應該說，這是我用得著的東西嗎？」
「嗯，我想這應該算是適合女生的產品。」
她「哇～」地收下了，心裡突然閃現了一絲擔心，不知道這會不會影響到他的工作。
「……要是什麼機動戰士的指甲貼，我可不要喲！」
「妳以為我們是什麼公司啊！」
她一面向生氣的他對不起對不起地連聲道歉，一面準備打開紙袋，「等下等下！」他連忙制止。
「回家以後再開。」
「什麼嘛，是不能在這裡打開的東西嗎？」
正當她開始懷疑裡頭是什麼噁心的玩意時，「不是的啦。」他繼續賣著關子。
「總之我希望妳回到家再打開。」
知道啦，她把收到的紙袋放進包包裡。

本來她很在意紙袋裡裝的究竟是什麼，不過當他們和往常一樣地自在聊天，一開心起來，這分好奇也就逐漸消退了。

這家店也有香柚沙瓦，可是對她來說並沒有那麼道地，所以她沒再續杯。好在這兒還有並不符合故鄉要件的故鄉出產的酒，於是她取而代之點了一杯，當作是今天最後一次點的飲料。

他們混到打烊，出了店門，步向最近的車站。到了驗票口，「那，掰囉。」兩人行禮如儀地互道再見。

過去如此，未來也將如此。

肯定永遠不變。

可是，他忽然叫住走在前面，穿過了驗票口的她，「欸。」

史無前例。

她回過頭來，看到他從驗票口外正直直地望著她。

「一定要用喔。」

嗯？她疑惑了一下，才想起了剛才收下的紙袋。

心想，幹嘛要特地提醒我啊？然後她舉起包包，嗯嗯地點頭，隨後他再度開口：

「如果妳用得開心，我會很高興。」

他語調生硬得簡直就像老外開口說日語一樣，說完，就離開去他自己搭乘的車站了。

她是那種沖澡不夠，一定要好好泡澡的人。

踏進家門，直接先進浴室裡放水，再利用放水的時間更衣、卸妝。

然後她打開他提醒要用的樣本。

「哇，入浴劑！」

這的確「算是適合女生的產品」。包裝是鮮亮的黃顏色。

上頭寫著香味是香柚。

「啊……」

之前聽他說正在開發商品的時間正好是冬至的前後。兩人還聊到了香柚澡。因為香柚很貴，所以當時她絮絮叨叨地說過自己如何小氣地把一整顆香柚細細地切碎使用。

難道，是因為那時候我說過的話——她一面想著，一面翻過包裝，看到產品的標籤。

一串意外的文字映入眼簾，她忍了一會兒，眼淚才奪眶而出。

上頭寫著香柚原料的產地。

高知縣，馬路村。

正是她那並不符合故鄉要件的故鄉小山村。

如果妳用得開心，我會很高興。

熱水已達滿水位，使得浴室熱水器的通知聲響起。

她把衣服脫下扔在一旁，在浴缸上撕開入浴劑的包裝。溶解之後，熱水被染成了淺淺的黃。

她泡進浴缸，那好比直接榨出的香柚汁一般的柔和、質樸，卻又一點不感覺做作的香味，撫慰了她的嗅覺。

因為不做作，她的嗅覺很快就習慣了它的香味。但是，即便長時間浸泡，仍會不時地意識到，那是柔柔的香柚香。

她一直泡到熱水溫了，才不情願地起身。套房的浴缸沒有重新加熱的功能。

換好衣服，時間已經來到了深夜。她拿起手機。

這個時間撥電話，在他和她那行禮如儀的友誼歷史中，至今連一次也不曾有過的行為。

可是。

說不定，他也和我一樣，每次都想著以後再說，結果每次都中途放棄了。

說不定，打通了現在這通電話，我們可以踩著過去那段行禮如儀的歷史一躍而起。

電話響不到三聲就接通了。

『喂。』

是一種彷彿預感會發生什麼似的靜靜的語氣。

「我已經用過了。」

才說出口，她的喉頭深處哽咽了起來。

「我真的很開心。」

她強忍著眼淚道出了自己的心聲，他則照舊用那靜靜的語氣回答：『嗯。』

結果他們聊了好久好久。

彷彿在刪除過去那段行禮如儀的歷史，聊了好多好多。

fin.

【回顧一語】接到邀稿的時候，編輯說：「香味請寫高知的香柚。」

說到香柚，無非就是高知的馬路村了。每次便利商店裡出了限定版零嘴之類的「香柚相關產品」時，上頭大多會註明「使用高知縣馬路村生產的香柚」。

近來除了馬路村，高知縣內許多村落也開始生產香柚的產品了。

有興趣的讀者，歡迎嘗試看看。

◆馬路村故鄉中心 馬路村家網站：村落說明、觀光指南等

http://www.umajimura.jp/

◆馬路村農協網站 「歡迎來到香柚村」：內附購物網站

https://www.yuzu.or.jp/

首次刊登一覽表

追逐十來歲時深受影響的世界　公募指南／二〇〇四年一月號
可疑人物妳誰呀！　電擊罐頭／二〇〇四年十月號
書店的聲援　日販通信／二〇〇八年八月號
書籍戰線出現異常　月刊民泊／二〇〇八年十月號
能逗人笑功德無量　讀賣新聞大阪版晚報／二〇一〇年一月七日
香蕉真的夠了　讀賣新聞大阪版晚報／二〇一〇年一月十四日
全身蕁麻疹的「痛梗」　讀賣新聞大阪版晚報／二〇一〇年一月二十一日
活著，不能不寫他　讀賣新聞大阪版晚報／二〇一〇年一月二十八日
閱讀是一種遊戲　各地方報紙（共同通信發佈）二〇一〇年五月
為了我們的下一代？——再談都條例修正案　各地方報紙（共同通信發佈）二〇一一年二月
東日本大地震那天　神戶新聞晚報／二〇一一年五月二日
通知「毫無進展」的重要　神戶新聞晚報／二〇一一年五月二十日
新幹線的服務潛力　神戶新聞晚報／二〇一一年七月六日
自我約束無助於拯救災區　各地方報紙（共同通信發佈）二〇一一年五月
拯救鄰近的災區　神戶新聞晚報／二〇一一年六月二十一日

與其自我約束不如自我縱容　神戶新聞晚報／二〇一一年八月二十三日
與其自我約束不如樂在活絡經濟　產經新聞大阪版晚報／二〇一一年六月二十八日
「滿意」就該說出來　神戶新聞晚報／二〇一一年七月二十二日
偉大的愛書人，兒玉清　神戶新聞晚報／二〇一一年六月六日
冷靜面對現實　神戶新聞晚報／二〇一二年三月三日
寫給想當小說家的你　神戶新聞晚報／二〇一二年六月二日
女性的活力是指標　神戶新聞晚報／二〇一二年九月一日
為觀光區注入「用心款待」的精神　神戶新聞晚報／二〇一二年十二月一日
懊悔不已的「滿」字　神戶新聞晚報／二〇一三年三月二日
來自上天的話語　神戶新聞晚報／二〇一三年六月一日
攻擊性標題背後的善意　神戶新聞晚報／二〇一三年九月七日
令人費解的表達方式　神戶新聞晚報／二〇一三年十二月七日
小劇場中的手機　產經新聞大阪版晚報／二〇一三年十二月十六日
對奧運選手的「高見」　神戶新聞晚報／二〇一四年三月一日
「自稱」全聾的作曲家　產經新聞大阪版晚報／二〇一四年五月一日
在機上哭泣的小娃兒　神戶新聞晚報／二〇一四年六月七日
木棉手帕　產經新聞大阪版晚報／二〇一四年八月十四日
「嘈雜聲」和「噪音」的不同　神戶新聞晚報／二〇一四年十二月六日
出版文庫本的時機　產經新聞大阪版晚報／二〇一四年十二月十八日

投資未來　日銀 No.41／二〇一五年春季號

尊重看的權利和不看的權利　產經新聞大阪版晚報／二〇一五年九月二十八日

不要公開說「討厭」　神戶新聞晚報／二〇一五年三月七日

個人作品解說in 2006　野性時代／二〇〇七年一月號（石井千湖採訪稿）

想讓不知道的人了解　聽障者的明天 No.133／二〇〇六年九月號

角色小說一問一答　野性時代／二〇〇六年一月號

書店就是主題樂園　讀賣新聞早報／二〇〇八年十二月十四日

現在的大人是曾經的孩子　小說tripper／二〇〇五年春季號

「不要寫」讀書心得的好書推薦　各地方報紙（共同通信發佈）二〇一〇年八月

讀來美味的好書　各地方報紙（共同通信發佈）二〇一〇年十一月

咻啦啦砰，這什麼跟什麼嘛！　各地方報紙（共同通信發佈）二〇一一年七月

普遍的娛樂之源「便當」　各地方報紙（共同通信發佈）二〇一一年十月

一本冷靜看待戰爭的戰爭小說　各地方報紙（共同通信發佈）二〇一二年二月

擁有特殊知名度的新人作家　各地方報紙（共同通信發佈）二〇一二年五月

一本關懷不會說話的牠們的書　各地方報紙（共同通信發佈）二〇一二年八月

匿名的毛毯　各地方報紙（共同通信發佈）二〇一二年十一月

勾起「輕輕共鳴」的驚世才華　產經新聞大阪版晚報／二〇一五年四月九日

為女性友情帶來希望的兩本書　讀賣新聞早報／二〇〇九年一月十八日

想提高老婆對夫家的家人意識？　讀賣新聞早報／二〇〇九年六月二十一日

推薦不可推薦的書　讀賣新聞早報／二〇〇九年九月二十日

讓你獲得正向能量的結婚隨筆　讀賣新聞早報／二〇一〇年二月二十一日

拍案叫絕、氣勢磅礡的琉球王朝長篇小說　週刊文春／二〇〇八年九月十八日號

愈幸福愈恐怖《好想再見你一面》　波／二〇一〇年二月號

戀愛的感覺從未改變過　小說昴宿星／二〇〇九年三月號

用低調筆觸陳述的救難決心　波／二〇一三年四月號

勾動心弦的一篇短文　PHP Special／二〇一一年十月號

我最愛的電影作品們　達文西／二〇一三年五月號（吉田大助採訪稿）

一連串尖酸刻薄的笑梗《祕密結社 鷹之爪 THE MOVIE3》
產經新聞大阪版晚報／二〇〇九年十二月二十五日

深度而又豐富的留白《武士道十六歲》　產經新聞大阪版晚報／二〇一〇年四月二十三日

因廁所之謎而連結《廁所Toilet》　產經新聞大阪版晚報／二〇一〇年八月二十七日

超一流的B級電影《超危險特工》　產經新聞大阪版晚報／二〇一〇年十二月二十四日

這部電影的主角是……「阪急電車」　產經新聞大阪版晚報／二〇一一年四月二十二日

令人感動莫名的牆內人生《極道美食王》　產經新聞大阪版晚報／二〇一一年八月十九日

迎接下一次的壯舉《隼鳥號 遙遠的歸來》　產經新聞大阪版晚報／二〇一二年二月二十四日

保護言論自由免於國家機器干擾《圖書館戰爭 革命之翼》　產經新聞大阪版晚報／二〇一二年六月二十二日

嘻笑間燃起逐夢熱情《天地明察》　產經新聞大阪版晚報／二〇一二年八月三十一日

堅持王道的勇氣《００７：空降危機》　產經新聞大阪版晚報／二〇一二年十二月二十一日

享受改編電影的過程《圖書館戰爭》、《來觀光吧！縣廳款待課》
產經新聞大阪版晚報／二〇一三年四月二十六日

小看它保證身首異處《ＨＫ瘋狂假面》　產經新聞大阪版晚報／二〇一三年十月七日

貧民窟的流浪狗與百萬富翁　VOGUE NIPPON／二〇〇九年六月號

寫在高畑勳導演《清秀佳人》電影版上映之前
三鷹之森吉卜力美術館圖書閱覽室《清秀佳人 通往綠山牆之路》劇場公開紀念手冊／二〇一〇年七月

感覺情慾的瞬間　野性時代／二〇〇八年六月號

兒玉清先生　ＮＨＫ視點論點（二〇一二年九月十七日播出）節目原稿

寫給湊佳苗的回信　GINGER／二〇一〇年十一月號

體育運動 我的精彩片段回顧　小說昴宿星／二〇〇六年十月號

光輝亮眼的麵食　J-WAVE TIME TABLE／二〇〇九年七月號

有川浩「式」植物圖鑑　野性時代／二〇〇七年一月號

冬季的煙火　家之光／二〇一〇年八月號

山梨，用心款待的人們　山梨日日新聞／二〇〇九年八月二十一、二十八日、九月四、十一日

遲來的聲音・超靜的聲音　富士實彈射擊演習報導　電擊hPa／二〇〇五年十月號

說到15，就是Ｆ囉　電擊罐頭／二〇〇八年八月號

司空見慣的自然之愛　K＋／二〇〇七年三月號
高知的震撼力　K＋／二〇〇七年四月號
觀光區的分數　K＋／二〇〇七年六月號
想怎樣啦，大哥！　asta*／二〇〇八年八月號
飛鳥視野的無價　別冊文藝春秋／二〇〇五年十一月號
食物的繪圖日記　KADOKAWA CHARACTER'S NOVEL ACT1／二〇一〇年九月
蕨菜、虎杖　野性時代／二〇〇七年三月號
心愛的地方吉祥物「鰹魚人」　週刊文春／二〇一一年十一月三日號
雪的懷想　首次發表新作
他的書架　達文西／二〇〇七年八月號
柚之香　Hot文庫／二〇一一年八月

※收錄時部分經過增補或修正。
「回顧一語」皆為首次發表。

國家圖書館出版品預行編目資料

跌倒了也要繼續向前進 / 有川浩作 ; 桑田德譯 .
-- 初版 . -- 臺北市 : 臺灣角川 , 2017.01
面 ; 公分

譯自 : 倒れるときは前のめり
ISBN 978-986-473-461-0(平裝)

861.57 105022544

文學放映所099

跌倒了也要繼續向前進

原書名＊倒れるときは前のめり

作　　者＊有川浩
圖案協力＊土佐旅福（畠中智子、中越令子、池田あけみ）
譯　　者＊桑田德

2017年1月25日　初版第1刷發行

發 行 人＊成田聖
總 編 輯＊呂慧君
主　　編＊李維莉
資深設計指導＊黃珮君
美術設計＊邱靖婷
印　　務＊李明修（主任）、張加恩、黎宇凡、潘尚琪
發 行 所＊台灣角川股份有限公司
地　　址＊105 台北市光復北路11巷44號5樓
電　　話＊(02)2747-2433
傳　　真＊(02)2747-2558
網　　址＊http://www.kadokawa.com.tw
劃撥帳戶＊台灣角川股份有限公司
劃撥帳號＊19487412
製　　版＊尚騰印刷事業有限公司
I S B N ＊978-986-473-461-0

香港代理
香港角川有限公司
地　　址＊香港新界葵涌興芳路223號新都會廣場第2座17樓1701-02A室
電　　話＊(852)3653-2888
法律顧問＊寰瀛法律事務所

TAORERU TOKI WA MAENOMERI

First published in Japan in 2016 by KADOKAWA CORPORATION, Tokyo.
Complex Chinese translation rights arranged with KADOKAWA CORPORATION, Tokyo.

Illustration by Tosatabifuku